KB069815

바람의 독서법

바람의 독서법

김선영 소설집

차례

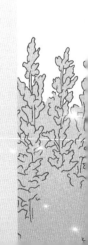

바깥은 준비됐어

유라를 보는 순간 나는 얼음이 되었다. 급속 냉동이라도 된 것처럼 그 자리에서 한 발짝도 움직이지 못했다. 그런 내가 마음에 들지 않았지만, 팔과 다리는 내 의지와 무관하게 뻣뻣해졌고 심장은 사납게 쿵쾅거렸다.

하필이면 같은 반이라니. 유라는 나를 알아보지 못하는 눈치였다. 4년이 지났건만, 유라에 대한 내 감정은 그때 그 자리에 박제되어 있다가 순식간에 되살아난 것 같았다.

이런 상황을 두고 똥 밟은 것도 모자라 그 위에 엎어진 격이라고 하는 것일까. 진즉부터 조짐이 좋지 않았다. 내가 사는 곳과는 정반대의 학교에 배정되는 것은 확률로 치면 5000분의 1이다. 내가 그 1에 들어갈 줄이야. 희망 순위에도 쓰지 않은 학교로 배정된 것이다. 울고 싶었다. 낯선 동네, 낯선 학교, 눈에 익은 아이 하나 없는 이곳에서 유일하게 낯익은 얼굴이 오유라라니.

학교에 다녀온 첫날, 엄마에게 가지 않겠다고 했다. 아무도 아는 아이가 없어서 밥도 혼자 먹었다고 말했다. 엄마는 말 같지도 않은 소리를 한다는 식으로 간단하게 대꾸했다.

"사귀면 되지."

어마어마한 경쟁률을 뚫고 유명 사립고에 입학한 사촌과 비교하며 엄마는 엄살떨지 말라고 했다. 그 학교는 산골에 있어서 해외 유학 간 거나 마찬가지라고 했다.

"그건 걔가 원해서 간 거잖아. 나는 강제 배정이고."

엄마는 들은 체 만 체 안방으로 들어가 버렸다.

어김없이 아침이 왔다. 정말 싫다. 이렇게 매일 아침 눈이 떠진다는 게 절망스럽다. 주방에서 소리가 난다. 어쩐 일이지? 휴가인가? 엄마는 출근 시간이 늘 나보다 빨라 먼저 집을 나섰다. 나는 혼자 일어나고 혼자 밥 먹고 혼자 학교에 갔다. 잘 다녀오라고 인사를 받은 적도 없고 다녀오겠습니다, 라며 인사한 적도 없다. 휴가라고 하더라도 엄마는 식탁에 밥상을 차려놓은 뒤 자고 있는 게 대부분이다. 그런데 오늘은 좀 달랐다.

"무슨 일이야?"

주방에서 분주히 손을 놀리는 엄마의 등에 대고 말했다.

"휴가."

엄마는 돌아보지 않고 말했다. 엄마의 등은 늘 지쳐 보인다. 어디 등뿐이랴, 뒤돌아서면 엄마의 얼굴은 피곤이 덕지덕지 묻어 있을 것이다.

나는 엄마의 뒷모습을 보는 순간 결심했다. 오늘은 결판을 내리라고.

"엄마."

엄마는 여전히 주방에서 뭔가를 하고 있다. 음식을 하는 것 같진 않은데 손놀림은 쉬지 않았다.

"뭐 해?"

내가 재차 말을 걸어도 엄마는 돌아보지 않았다.

"학교 안 늦어?"

등 너머에서 무심히 목소리만 넘어올 뿐이다.

"엄마, 나 할 말 있어."

"나중에 해."

"나중에 언제? 얼굴을 볼 수가 없는데. 좀 얼굴 보면서 얘기하면 안 돼?"

엄마가 드디어 뒤돌아섰다. 두 눈이 붉었다.

"무슨 일이야?"

내가 흠칫 놀라 물었다.

"빨리 학교나 가라니까."

엄마는 울음 묻은 목소리로 말하며 내 눈을 피했다.

"지금 학교가 중요해?"

"응, 중요해. 시끄러우니까 빨리 나가."

"나 학교 안 간다고 했잖아."

"뭐라고?"

엄마는 손에 들고 있던 그릇을 개수대에 집어 던진 뒤 나에게 달려왔다. 엄마의 기습에 움찔하며 놀랐지만, 피하지는 못했다.

엄마의 손바닥이 내 등과 머리로 맵차게 날아왔다.

"왜 너까지 이래? 왜 너마저 나를 가만히 두지 않는 거냐고오!"

엄마는 소리를 지르며 손을 거칠게 내리쳤다. 엄마의 손길이 거셌다. 내 몸이 바닥을 향해 훅훅 꺾일 정도였다. 그 순간, 나보다 더 심각한 건 엄마일지도 모른다는 생각이 들었다. 그래서 놀라긴 했지만 화가 나지는 않았다. 이상하게 시원하다는 생각마저 들었다. 가려운 곳을 찰싹 때렸을 때의 시원함과 비슷했다.

지친 듯 엄마의 손짓이 느려졌다. 그제야 나도 등짝이 얼얼하도록 화끈거린다는 걸 알았다.

"아우, 아파! 그만 때려!"

돌아서 엄마의 손목을 잡고 소리쳤다. 엄마는 한풀 꺾인 듯 숨을 거칠게 뱉었다. 엄마는 내 손을 뿌리친 뒤 방으로 들어가 버렸다. 어쨌든 학교 가라는 말은 더 이상 하지 않았다.

방으로 돌아와 침대에 멍하니 앉았다. 등교 시간은 이미 지난 뒤였다. 지금 간다 하더라도 지각 처리 될 것이다.

교복을 입고 집을 나섰다. 학교 쪽으로 가지 않고 반대로 걸었다. 학교에 가려면 버스를 타고 중간에 내려 다시 환승한 뒤 오르막길을 한참 걸어야 한다. 최악의 등굣길이다. 등교 시간이 버스로 한 시간이라니. 대부분의 아이들은 10분에서 20분 정도 걸으면 되는 거리에 산다. 나만 이방인 같은 기분이 들었다. 까만 바둑돌 속에 흰 돌 같은 느낌이라고 해야 하나, 거기다 돋을새김한 듯 유난히 불거져 나와 있는 오유라까지. 오유라는 검은 돌 중에서도 유독 크고 빛나서 어디서든 눈에 띄었다.

언젠가 걷고 싶었지만 바라보기만 했던 천변으로 향했다. 천변에는 자전거도로와 보행로가 있고 하천 가까이에 억새밭이 있다. 억새밭 너머로는 하천이 흐른다.

나는 하천에 가로놓여 있는 징검다리를 건너 보고 싶었다. 멀리서 보았을 때 지극히 평화로운 장면 속의 한 사람이 되고 싶었다. 비로소 오늘에야 그 시간에 맞닿은 것 같았다. 아침 해에 물살이 비늘처럼 반짝거린다. 한 번도 쉰 적이 없는 것 같은 숨 가쁜 소리를 내며 아래로 흘러간다. 참 바지런해 보였다. 멀리서 보는 것과 가까이 보는 사물은 이렇게 다를 수 있구나, 생각했다.

징검다리에 발을 올렸다. 징검돌과 징검돌 사이는 물살이 더욱 세찼다. 휘청, 어지러웠다.

그래, 유라와 가까워진 건 징검다리 때문이었다.

유라와는 초등학교 6학년 때 같은 반이었다. 누구나 선망하는 아이였다. 수려한 외모에 화려한 집안, 공부 또한 잘했다. 아주 밝은 성격이었고 누구나 사귀고 싶어 했다. 나도 유라와 사귀고 싶어 하는 아이 중에 한 명이었다. 멀리서 바라본 유라는 늘 여러 아이들에 둘러싸여 있어서 내가 비집고 들어갈 틈이 없었다.

학교 근처 생태 공원으로 체험 학습을 간 적이 있다. 유라가 습지 돌다리를 건너다가 발을 헛디뎌 물에 빠졌다. 때마침 내가 가까이 있었다. 꼭 유라가 아니었어도 그렇게 잽싸게 달려가 손을 내밀었을까 싶을 정도로 나는 재바르게 움직였다. 당황하거나 허둥대는 것 없이 손을 내밀었다. 유라의 몸이 진흙 속으로 쑥쑥 들어가는 것처럼 보여서 얼른 꺼내야겠다는 생각만 했다. 시커먼 진흙으로 엉망이 된 유라는 더 이상 활동할 수가 없었다. 집으로 가도 좋다는 선생님의 허락을 받고 공원을 나설 때 유라는 빙 둘러선 아이들 중, 나와 같이 가겠다고 했다. 그러자 선생님은 내 의사 같은 건 묻지도 않고 그러라고 했다. 선생님은 나를 하나도 중요하지 않은 사람처럼 대하는 것 같았다. 순간 나는 존재감이 없는 사람이라는 생각이 들었다. 몇 학년 몇 반 몇 번, 숫자로만 존재할지도 모른다는 생각이 들었다. 사람들 눈에 나는 도대체 어떻게 보이는 걸까. 보이긴 하는 걸까.

공원을 나서자 유라 엄마가 새 옷을 가지고 와 있었다. 기사 딸린 고급 차에 아주 우아한 차림새였다. 유라 엄마가 나에게 체험 학습을 다하지 못해서 어쩌냐고 했다. 데려다줄 테니 다시 돌아가고 싶으면 가라고 했지만 나는 고개를 저었다. 나는 체험 학습보다 유라와 함께 있는 게 더 좋았다. 그리고 유라 엄마가 내 의향을 물어주는 것만으로도 기분이 좋아 더욱 같이 있고 싶었다. 유라 엄마는 근사한 이탈리안 식당에서 점심을 사 주고 우리 집까지 태워다 주며 고맙다는 말을 여러 번 했다. 끊임없이 말을 걸어주고 공통된 화제로 이야기를 끌고 가는 유라 엄마는 그다지 말이 없는 우리 엄마와는 달랐다. 우리 엄마는 늘 우울감을 앓는 사람처럼 어두웠고 가라앉아 있다.

그날 나는 꿈을 꾼 것처럼 기분이 좋았다. 유라와 이렇게 급 가까워지다니, 하늘이 내린 아주 운 좋은 날이라고 생각했다. 그 뒤 유라와 나는 단짝이 되어 지냈다.

얼마 뒤, 유라와 나를 두고 시녀를 대하는 공주, 공주를 모시는 시녀 같다는 말이 돌고 있다는 걸 알았다. 그 사실을 알게 된 유라는 자기는 공주가 아니라며 울었고, 나는 그런 유라에게 아무 말도 하지 않았다. 그날 유라와 나는 한마디도 나누지 못했다. 그날 밤 유라에게 손편지를 썼다. 아무것도 신경 쓰지 말자고. 너와 내가 아니면 그만이지, 나는 주변의 그딴 말에 신경 쓰지 않는다고 했다. 뭐, 대충 그런 내용이었을 것이다. 지금 와서 자세하게 기억 나지도 않을 뿐더러 기억하고 싶지도 않았다. 그날 밤 편지를 썼던 시간을 지우고 싶었으니까.

편지를 읽은 유라의 반응을 전해 준 건, 유라와 가장 가깝게 지내던 태리였다. 태리는 주변 아이들과 돌려가며 내 편지를 봤다고 했고, 유라가 그 편지를 쪽쪽 찢어 쓰레기통에 눈처럼 뿌렸다고 얘기했다. 그 순간 유라가 소름 끼치게 무서웠다. 유라 못지않게 무서운 건 그런 얘기를 눈 하나 깜짝하지 않고 나에게 조곤조곤 일러바치는 태리였다.

속내를 감추고 아무렇지 않게 내게 말을 거는 유라가 위선적으로 보였다. 그 뒤 유라와 눈이 마주쳐도 내가 먼저 피했다. 유라를 좋아했던 만큼 싸늘해지는 마음을 걷잡을 수 없었다. 2학기가 되자 유라는 우리 동네와는 정반대에 있는 신도시로 이사하며 전학을 갔다.

그로부터 4년이 지났다. 유라는 여전히 예뻤고 여전히 인기가 많았으며, 여전히 공부를 잘했다. 그에 비해 나는 친구 하나 없는, 심지어 같은 학교 출신조차 없는 신세이고 성적도 그저 그렇고 외모도 백도 그저 그런, 여전히 존재감이 없는 몇 학년 몇 반 몇 번의 숫자로만 존재하는 아이였다. 더군다나 고층 아파트 단지 한가운데에 있는 이 학교는 귀족 학교로 소문날 만큼 재력이 상당한 집안 아이들이 많았다. 그 소문만으로도 기가 죽고 긴장되었다.

학교에 가기 싫은 이유를 대라고 하면 백 가지도 넘게 댈 수 있다. 그런데 엄마는 한 가지도 인정해 주지 않는다. 엄마는 엄마대로의 문제로 힘들어하는 것 같았다.

징검다리를 건너 둑길을 따라 걷다 공원으로 향했다. 탁 트인 곳으로 가고 싶었다. 공원이 생각보다 무척 넓어서 놀랐다. 한때 쓰레기 매립장이었다는 것이 믿기지 않을 정도로 근사했다. 희귀한 나무도 많고 테마 별로 산책길도 있다. 노을을 볼 수 있는 명소라고 하여 노을길, 소나무 숲길이라 하여 솔바람길, 여름부터 잠자리가 이동하는 공간이라 하여 나래길. 팻말 하나하나를 읽으며 천천히 걸었다. 급할 것도 서두를 것도 없는, 그렇다고 딱히 갈 곳이 있는 것도 아닌 그저 오늘 하루의 시간을 죽이면 되는 날이다. 이 넓은 곳에 아무도 없다니. 무섭다기보다 나 혼자 차지했다는 생각에 우쭐한 기분이 들었다. 손바닥을 펼쳐 이제 막 연둣빛 새순을 내밀고 있는 단풍나무 잎사귀를 쓸어 보았다. 보드라웠다. 손끝이 살살 간지러웠다.

잣나무 숲 아래 벤치에 앉았다. 아직은 서늘했다. 눈을 감았다. 솔잎 냄새가 났다. 이런 걸 피톤치드라고 하는 모양이다. 피톤치드는 오전 10시부터 12시 사이에 가장 많이 나온다는데, 오늘처럼 일탈하지 않으면 이 시간에는 죽어도 맡지 못할 거라는 생각이 들어서, 더없는 특권을 누리는 것 같았다.

나는 아까부터 절로 시간을 헤아리고 있다. 지금 1교시 끝났겠네, 2교시도 지났고 지금쯤 3교시가 끝났겠다. 배고플 시간이다. 4교시가 끝나면 급식을 먹겠지.

내가 학교에 가지 않았는데도 나를 찾는 이가 없다. 아무도 어디냐고, 왜 학교에 오지 않느냐고 물어 보지 않는다. 휴대폰에서는 그 흔한 스팸 문자나 전화도, 카톡 광고 알림도 울리지 않는다.

나는 멍하니 앉아 오솔길 건너에 빼곡하게 심어진 잣나무를 바라본다. 어렸을 때 나무 나이 세는 법을 알려 주던 아빠의 목소리가 들리는 듯했다.

'자, 봐 봐. 잣나무는 마디가 딱딱 떨어지게 가지를 뻗어. 가운데 있는 나무 둥치의 간격을 세면 대략의 나이를 알 수 있지. 1년에 한 마디씩 자라는데 끝에는 바퀴살처럼 가지를 사방으로 뻗어 나간단다. 자랄 때마다 가지를 넓혀 가는 건 나무나 사람이나 똑같지 않니? 한 살 한 살 나이를 먹을수록 넓어져야 하는 이치와 비슷한 거지.'

나는 그때마다 그 말이 좀 의아스러웠다. 그런 건가? 나는 넓어지고 있는 건가? 나도 넓어질 수 있는 건가? 내가 자라고 있는 게 맞긴 한가?

그 이후 나도 모르게 잣나무만 보면 나이 세는 버릇이 생겼다. 묘목 시기를 3~5년 정도로 잡고 가지를 뻗어 간 마디 수를 센다. 셋, 넷, 다섯, 여섯, 일곱, 여덟, 아홉, 열, 열하나, 열둘, 열셋, 열넷, 열다섯, 열여섯, 열일곱, 딱 내 나이만 한 나무들이 숲을 이루며 자라고 있다. 나무는 대개 내 나이와 비슷했다. 그때도 그랬는데 지금도 그렇다. 그게 참 신기했다. 똑같은 묘목으로 똑같이 자란

잣나무 숲은 운동장에 줄지어 선 아이들 같았다. 나이는 똑같이 먹지만 자라는 게 달라서 들쑥날쑥 차이가 나는 것처럼 잣나무 숲의 나무도 똑같아 보이지만 같지 않았다. 숲 안쪽에는 그늘에 가려 잘 자라지도 못하고 기죽어 있는 듯한 나무가 있다. 꼭 나를 보는 것 같았다. 아무리 까치발을 하고 바깥을 보려고 해도 보이지 않는, 이미 금수저들이 좋은 위치는 다 선점하여 있는지조차 모르게 존재하다가 사라질 것만 같은 위기감이 드는 나무였다.

공원의 오솔길을 샅샅이 돌아도 해는 아직 중천에 있다. 나는 오늘 여기서 꼭 노을을 볼 테다.

배가 고팠다. 매점으로 향했다. 아주머니 한 분이 졸다가 나를 보고 말했다.

"너, 학교 안 갔구나?"

학교에 가지 않는 걸 범법자 취급하는 저 말투. 웬 오지랖? 남이 학교에 가든 말든. 나는 대꾸 없이 진열대 쪽으로 돌아섰다. 컵라면을 먹으려고 들어온 건데, 1초라도 더 머무르고 싶지 않았다. 칼로리 높은 비스킷을 들고 계산대에 올린 뒤, 창밖으로 고개를 돌렸다. 더 이상 말을 붙이지 말라는 신호였다. 그러거나 말거나 아주머니는 한숨을 쉬며 기어코 한소리 했다.

"에휴, 그래 뭐 하루 학교 안 간다고 지구가 멸망하겠니? 깃털 같이 많은 날, 하루쯤 땡땡이친다고 인생이 어떻게 되지는 않지. 그렇다고 뭐 일상이 크게 달라질 것도 없고."

아무리 귀를 닫고 안 들으려고 해도 아주머니의 말이 귀에 쏙 쏙 박혔다. 지구 멸망 뭐 이런 데에서는 하마터면 나도 고개를 끄덕일 뻔했다. 땡땡이라는 단어에서는 심장이 쫄깃하게 수축하는 것 같았고, 학교 하루쯤 안 간다고 일상이 바뀌겠냐는 말도 이상하게 공감 백 퍼센트였다.

비스킷 곽을 거칠게 잡아채어 매점 밖으로 나왔다. 나름 불쾌한 기색을 표시한 건데 그 아주머니는 그러거나 말거나 내 등 뒤에 대고 소리쳤다.

"저녁은 집에 가서 먹어!"

진짜 오지랖이네. 굶든 말든. 이곳도 올 곳이 못 되는 것 같다. 저 아주머니 때문에 올 곳이 한 군데 줄었다. 그래도 노을은 보고 갈 참이다.

유난히 노을을 좋아했던 아빠를 따라 해 질 녘이면 따라나선 적이 있다.

"아빠는 왜 그렇게 노을을 좋아해?"

"예쁘잖아, 멋있고. 넌 안 그래?"

"응. 불타는 것 같아서 좀 놀랍긴 한데, 난 그냥 그래."

"하늘은 하루도 같은 날이 없는 것 같아. 노을도 그렇겠지? 무엇보다 아빠는 노을을 보면 삶이 보이는 것 같아."

"응? 그게 뭐야?"

"우리 인서한테는 아직 어려운 말인데 그냥 인생이 보이는 것 같아. 그래서 숙연해지기도, 잘 살아 보고 싶기도 하고 그래."

아빠는 그래서 그렇게 좋아하던 노을을 따라 엄마와 내 곁을 일찍 떠났나 보다.

나는 오늘 노을을 보며 그때 아빠가 말했던 삶이 뭔지, 인생이 뭔지 생각해 볼 참이다.

노을길로 들어섰다. 조금 있으면 해가 저 산등성이로 넘어갈 모양이다. 노을길 앞에는 넓은 강이 흐르고 강 건너 서쪽에는 야트막한 산이 있다. 하늘은 연보랏빛으로 바탕색을 이미 깔아 놓았다. 조리개를 조여 초점을 맞추듯 눈을 가늘게 뜨고 하늘을 올려다보았다. 붉은 빛살이 저 멀리서부터 퍼졌다. 오늘 아침, 엄마의 붉은 눈시울이 생각났다. 그렇게 두들겨 맞고 나오면서도 한 번도 생각나지 않았는데. 심장이 내려앉는 것 같았다. 사는 건 뭘까? 막연히 그런 생각이 들었다. 아빠가 말한 인생이 보인다는 말이 이런 걸 말하는 걸까.

매점 아주머니의 말이 생각났다. 저녁은 집에 가서 먹어, 하던. 집으로 향했다. 학교를 그만둘 건데 학원은 다녀서 뭐하나 하는 생각이 들었다. 괜히 엄마만 힘들게 한다는 생각이 들어서 더욱 단단히 마음먹고 엄마랑 담판을 짓기로 결심했다. 학교를 그만두면 뭐할 거냐고? 그런 대책이 있으면 내가 학교를 그만두겠나. 나는 당분간은 아무것도 하고 싶지 않다. 그것뿐이다.

엄마가 부스스한 머리로 방에서 나왔다. 하루 종일 잔 모양새지만, 피곤은 엄마의 어깨에서 떨어져 나가지 않은 채였다. 엄마는 TV를 켠 다음 말없이 빨래를 개키며 물었다.

"어디 갔다 왔니?"

엄마의 시선은 여전히 TV에 있다.

"어? 응, 학교 안 간다고 했잖아."

"그러니까 이제껏 어디에 있었냐고?"

"그냥 여기저기."

나는 엄마 등 뒤 소파에 앉으며 말했다. 나는 완벽히 엄마의 손바닥 사정거리 안에 있다. 엄마가 달려들어 때려도 할 수 없다.

"정말 학교에 안 갈 거야?"

엄마는 체념한 듯 낮은 목소리로 물었다.

나는 대답하지 않고 TV만 바라보았다. 뉴스에서는 며칠 전 실종된 고3 학생의 시신이 발견됐다는 속보가 흘러나왔다. 엄마는 빨래 개키던 손을 멈추었다. 학교를 나선 뒤 마을버스를 타고, 지하철역 입구를 지나 번화가를 허위허위 걸어가는 모습이 CCTV 속에 고스란히 담겨 있는데 중간에 사라진 것이다. 행방을 알 수가 없어서 실종으로 처리된 채 계속 수색 작업을 벌였다고 했다.

전화기는 꺼 놓은 상태로 학교 사물함에서 발견되었다고 한다. 전화기를 놓고 학교를 나설 때 어떤 심정이었을까. 학교 앞 편의점에서 교통카드를 충전할 때는 방금과는 반대의 심정이지 않았을까. 서점에 들러 과목별로 문제집을 살 때는 다시 한번 잘해보 겠다는 결심이지 않았을까. 집과는 반대 방향 버스를 타고 교통카 드를 태그 하지 않고 현금으로 요금을 낼 때의 최종적인 결론은 결국 끝내자는 것이었을까. 산속으로 향할 때도 세상 누구 하나 손을 내밀어 주지 않았다는 얘기인가. 전화기만 있었어도, 그 순간 누군가가 보낸 메시지 하나만 있었더라도, 그 순간 한 통의 전화 만 왔었더라면 결과는 달라지지 않았을까.

엄마는 TV를 끈 뒤 나를 돌아보며 말했다.

"내일 여기 한번 가 봐. 다른 데 가지 말고."

엄마가 하얀 명함 한 장을 내밀었다. 나는 물끄러미 명함을 내 려다보았다.

쉼·숨·숲

시옷의 숲이야 뭐야.

앞면에는 '쉼·숨·숲'이라는 세 글자 외엔 아무것도 없다. 뒷면 에는 주소와 손으로 그린 듯한 약도가 있다.

엄마는 지금 무슨 상상을 하고 있는 거지? 혹시 나도 저렇게 될 까 봐 겁먹은 건가?

"여기가 어디야?"

당황한 건 나였다. 내가 학교를 가지 않아도 된다는 것을 전제

하고 하는 행동 아닌가. 엄마의 마음이 짚이지 않았다. 악다구니 하며 손찌검을 하던 아침과 너무나 다르게 숙어진 목소리였다.

"학교에는 아파서 며칠 쉬어야 할 거 같다고 했다. 전화기도 안 가지고 나가고."

엄마 손에 들린 내 전화기를 보고 화들짝 놀랐다. 가방을 뒤져 보니 전화기가 없다. 어쩐지 스팸 알림도 울리지 않더라니. 엄마의 마음을 설득한 건, 아니 겁먹게 한 건 전화기를 놓고 나간 것이 결정적일 수도 있겠다는 생각이 들었다.

"내일 여기 안 갈 거면 학교 가."

"아, 알, 알았어."

엄마가 말한 곳을 검색해 보았다. 심리상담센터였다. 나름 SNS 핫플레이스 같은 구도심 카페 거리에 있다. 이 근처도 언젠가 한 번은 가 보고 싶었던 곳이다.

오래된 주택이 언덕을 따라 즐비했다. 골목마다 벽화가 있고 한 집 건너 한 집마다 작은 음식점이나 카페가 있다.

어제 받은 명함을 크게 확대해 놓은 것 같은 간판이 보였다. 하얀 간판 위에는 거두절미 '쉼·숨·숲' 세 글자만 까맣게 쓰여 있다. 시옷의 숲은 앞이 탁 트인 언덕 위 작은 목조건물 2층에 있다.

문을 활짝 열어 놓았길래 들어가 보았는데 인기척이 없다. 아무도 없는 듯했다. 카페는 아닌 것 같은데 카페 같은 분위기가 났다. 몇 개의 방이 있고 방마다 책장이 있다. 거실 중앙에는 타원형의 원목 탁자가 길게 놓여 있다. 탁자 위에는 그림책이 펼쳐져 있고, 엽서 크기의 하얀 아트만지들 틈에 책의 장면을 따라 그리다 만 것 같은 그림 한 장이 놓여 있다. 여러 개의 연필과 색연필이 어지러이 나와 있는 거로 봐서 방금 전까지 누군가 그림을 그리다 나간 것 같았다.

열린 창 사이로 바람이 불어오고 하얀 리넨 커튼이 나부끼고 있다. 창밖으로 보이는 언덕 아래에는 모형 같은 작은 집들이 올 막졸막 붙어 있다. 주택의 지붕은 모양과 색깔이 제각각이지만 퍼즐 조각을 맞춰 놓은 것처럼 아귀가 꽉 맞물려 보인다. 그와 반대로 하늘은 어떤 장식도 거부한다는 듯 푸른빛 일색이다. 이렇게 날이 선명한 날이 있었던가. 나는 아트만지를 가져다가 다닥다닥 붙어 있는 지붕 선을 그렸다. 나는 그림 그리는 것을 좋아하는 편이다. 그냥 끼적끼적하는 정도다. 잘한다고 칭찬받은 적도 없어서 내세우기도 애매하다. 연필의 까만 선이 아트만지에 거칠게 그어질 때마다 이상하게 쾌감이 일었다. 연필과 아트만지의 마찰이 기분 좋았다. 흑연 가루가 아트만지의 울퉁불퉁한 면에 닿는 소리와 연필 냄새가 좋았다. 어디를 가도 뾰족하게 나를 찌르는 것 같은데 이 공간만은 나를 둥그렇게 감싸는 것 같았다. 지붕의 면마다 색을 달리하며 칠했다. 색연필의 파스텔 색감이 면을 채워 갔다. 그림 속의 세상은 파스텔 톤으로 부드럽고 가벼웠다. 윗부분에 하늘색을 칠할 때 누군가 계단 올라오는 소리가 들렸다. 나는 그리다 만 엽서를 옆으로 밀어 놓은 뒤 입구를 바라보았다.

나이 지긋한 아주머니 한 분이 들어왔다.

"오, 네가 조인서 맞지? 와 줘서 고맙네."

내가 올 줄 알고 있었다. 저 아주머니가 여기의 주인인 걸까. 고맙다니, 엄마가 무슨 말을 어떻게 한 것일까. 나는 엉거주춤 일어나서 목 인사를 했다. 엄마는 이분과 어떻게 알게 되었을까. 아주머니는 상담 선생님의 전형적인 분위기와는 달랐다. 생글생글 과하게 친절하거나 웃지도, 그렇다고 넘겨짚으며 아는 체하지도 않았다. 그냥 담백했다.

"뭐 하고 있었어?"

그녀의 눈길이 책상 위로 향했다. 색을 칠하다 말아서 하늘이 하얗게 비어 있는데, 마치 그게 하얀 뭉게구름처럼 보이는, 내가 그린 그림이었다.

"오, 솜씨가 좋은데? 여기서 내려다본 바깥 풍경이네."

벌써 스캔을 한 모양이다. 나는 쑥스러워 어깨를 움츠렸지만 솔직히 기분 나쁘지 않았다. 그렇지만 경계의 눈초리와 낯선 사람을 만났을 때의 엉거주춤한 태도는 풀지 못했다.

"봐, 한눈에 알아봤잖아. 그럼 솜씨 좋은 거 아니야?"

보기보다 말이 많은 사람일지도 모른다는 생각이 들었다.

"나는 서수미! 줄여서 숨 쌤이라고도 하고, 숲 쌤이라고 부르기도 해.”

숲 샘이 손을 내밀었다. 나는 얼결에 손을 잡았다. 손이 물컹하
니 부드러웠다. 숲 샘이 살짝 웃으며 말을 이었다.

“보여줄 게 있어. 잠깐 와 볼래?”

방금 내다봤던 창 바로 옆에 또 하나의 너른 창이 있다. 그가 하
얀 리넨 커튼을 젖혔다. 창에는 화분을 올려놓을 정도의 난간이
밖으로 돌출되어 있는데, 그 사이를 박스로 덮어 둔 채였다. 그가
박스를 들어올렸다.

“와.”

외마디 소리가 절로 나왔다.

박스 아래에는 창백해 보일 정도로 푸른 하얀 알이 있다. 나뭇
가지, 깃털, 빨대, 전깃줄, 철사 조각, 나무젓가락, 플라스틱 빗으
로 만들어진 둥지 위에.

“이게 뭐예요?”

“비둘기 알.”

그녀는 어때 놀랐지? 하는 표정으로 나를 바라보았다.

“비둘기가 낳은 거예요?”

“응, 얼마나 된 건지는 모르겠어.”

“신기하다.”

“나도 그래.”

“근데 왜 박스로…….”

"방금 고양이 한 마리가 글쎄……."

"아……."

나는 고개를 끄덕이며 뒷말을 붙이지 않아도 알겠다는 표정을 지었다.

"그래서 급한 대로 보호 장치가 필요할 것 같아서 나갔다 왔는데 마땅한 게 없네."

우리 집에도 에어컨 실외기 위에 비둘기가 알을 낳은 적이 있다. 며칠 지내러 온 할머니가 청소를 하다가 내 눈치를 슬쩍 본 뒤 말 한마디 없이 빗자루로 쓸어 내었다. 휙, 비둘기 알은 1층 바닥에 찰싹 떨어졌다. 내 머리가 탈싹 깨지는 것 같았다. 아주 매운 것을 먹었을 때처럼 종일 배가 쓰렸다. 울상을 짓고 있는 나를 보던 할머니는 이런 게 들어오면 집이 얼마나 지저분해지는지 너는 모른다, 비둘기 똥 때문에 아래층에서 항의가 말도 못 하게 들어올 거다, 라면서 울 거 없다고 딱 잘라 말했다. 퇴근하고 돌아온 엄마에게 할머니의 만행을 일러바쳤지만, 엄마의 표정은 아무런 변화가 없었다.

숲 쌤이 말했다.

"비둘기 엄마 아빠가 번갈아 품어주니까 드나드는 데에는 문제가 없어야 할 것 같고, 야생 고양이는 호시탐탐 노리고. 고민이야, 고민. 좋은 방법이 없을까?"

비둘기 부부가 먹이를 구하러 나간 사이, 고양이 손을 타게 되

면 끝장이다. 할머니가 빗자루로 휙 쓸어냈던 거와 다를 바 없게
된다. 그렇다고 망을 씌우거나 집을 만들면 비둘기가 알을 품지
못할 테고. 알을 품을 때도 야생 고양이는 비둘기에게 위협이 될
것이다.

"보초를 서야 할 것 같은데요?"

창백하고 푸른 두 개의 알을 보며 내가 말했다.

숲 샘은 방울토마토 레모네이드가 든 유리잔에 얼음을 넣은 뒤
건네며 말했다.

"보초를? 24시간 보초를 설 수는 없잖아."

"비둘기가 알 품으러 올 때는 박스를 열어 주고, 그렇지 않을 때
는 덮어 주는 식으로요. 되도록 눈을 떼지 말아야 할 것 같은데요."

"나 혼자는 자신 없는데. 난 강의도 있고 상담 스케줄도 많거든."

"제가 당분간은……."

어쩌자고 일을 벌이는지 모르겠다. 정말 마음에서 우러나온 말
인지 나도 내 마음이 궁금했다. 그런데 이거 하나만은 확실했다.
두 번 다시 비둘기 알이 탈싹 깨지는 것을 보고 싶지 않았다.

"호호호, 당분간? 그래, 일단 그래 보자. 여기 오는 회원들에게
보초를 서 달라고 도움을 청해 봐야겠다. 그렇게 시간을 나누어 기
다리면 되겠지?"

나는 비둘기 알의 부화 기간을 검색했다. 약 2~3주 정도이다.

숲 샘과 나는 창가를 향해 앉아 그림을 그렸다. 두 개의 비둘기

알을 그렸다. 나는 창백하고 여린 푸른빛이 도는 색을 칠했다.

"자, 오늘은 여기까지."

숲 샘이 시계를 보며 말했다. 나도 시간을 확인하고 놀랐다.

"보초병이라는 거 잊지 마. 두 개의 생명이 네 손에 달려 있다."

갑자기 가슴이 갑갑해졌다. 책임감이라는 게 이런 것일 수도 있구나, 엄마도 나를 볼 때마다 이런 심정일까?

"나는 내일 강의가 있어. 그 사이에 저 창백하고 여린 것들에게 무슨 일이 생기면 안 되지 않겠니?"

나는 고개를 끄덕한 뒤 나무 계단을 내려와 바깥에 섰다. 바람이 불었다. 아무것도 한 게 없는 것 같은데 이상하게도 마음이 텅 빈 것 같지는 않았다.

엄마가 나를 왜 여기로 보냈는지 모르겠다. 상담해 준 것도 없다. 여기 오는 동안 학교는 왜 안 갔냐? 등등 취조하는 식으로 물어 오면 어쩌나, 단단히 마음의 준비까지 하고 왔는데. 어쨌든 내일부터 학교에 가지 않아도 갈 곳이 생겼다. 어쩌면 이것 때문인지도 모르겠다.

집에 왔을 때, 엄마는 아무것도 묻지 않았다. 내가 그곳에 다녀온 것만으로도 마음을 놓는 눈치였다. 다른 데보다 안전할 테니까.

언덕길을 오를 때 목덜미에 땀이 났다. 어제와 다른 이 봄빛은 또 무엇을 다르게 만들고 있을까.

오늘도 숲 샘은 없다.

창가로 가서 덮어 놓은 박스를 들춰 보았다. 두 개의 알은 무사했다. 어제와는 빛깔이 조금 달라진 것도 같다. 조금 더 단단해 보인다고 해야 하나. 둥지도 구멍이 덜했다. 나뭇가지도 깃털도 늘었다. 나는 아트만지에 그림을 그린 다음, 알에는 흰색을 칠했다.

돌아온 숲 샘이 그림책 한 권을 내밀었다. 설마 내가 고등학생인 걸 모르는 건 아니겠지?

"그림으로 표현해 보면 좋을 것 같아서. 이 그림책 속의 주인공처럼 말이야."

"뭘요?"

"엄마 하면 떠오르는 동물을 그림으로 그려 볼래?"

"네?"

엄마라는 말에 내 현실이 눈앞에 훅 들어오는 느낌이었다.

"근데 엄마와는 어떻게 알게 되신 거예요?"

"친구."

"엄마한테 선생님 얘기는 못 들었는데요?"

"엄마도 다 말하지 않는 것이 있겠지? 이제는 말할 때가 되어서인서 너를 나한테 보낸 것일 수도 있고."

이제는 말할 때가 되어서? 엄마는 나에게 무엇을 말하려는 것일까. 엊그제 내 등짝을 사정없이 후려칠 때, 엄마는 왜 너마저 나를 가만히 내버려 두지 않느냐고 했다.

엄마를 동물로 표현해 본다면? 한 번도 생각해 보지 않았다. 그런데 떠오르는 건 있다. 박쥐. 그래, 박쥐다. 날짐승과 네 발 달린 짐승 사이를 유리한 대로 왔다 갔다 하는 배신자가 아니라, 동굴 속으로 숨어드는 모습이 떠올라서이다. 박쥐의 날카로운 울음소리와 함께. 엄마는 내게 어둡거나 날카롭거나이다.

숲 샘은 내가 그린 그림을 보며 혼잣말처럼 말했다.

"자기 안의 그림자로 세상을 본다는 말이 있어. 아마 우리 모두 그럴 거야. 누구나 버겁지 않을까 겁도 나고, 이게 뭔가 싶기도 하고."

무슨 말을 하는지 모르겠다.

"이 그림, 엄마한테 보여줘도 될까?"

"아뇨."

난 단박에 안 된다는 말을 붙였다.

"그래? 알았어. 내일도 보초 서러 올 거지?"

"네? 네. 가면 되나요?"

오늘도 별로 한 건 없다. 비둘기 알을 지키면서 알과 박쥐를 그린 게 다였다. 그런데 마음 한구석이 시원해진 것도 같았다. 특히 박쥐를 그릴 때 그랬다.

숲 샘 SNS에 비둘기 알 사진과 글이 업데이트 되었다.

한 생명이 우리 눈앞에 있기까지는 우주가 움직인 것이 아닐까 한다.

아니, 우주의 허락이 있어야 하지 않을까 싶다.

알을 낳은 비둘기 엄마 아빠가 일등공신이겠고 4월의 바람, 햇빛, 나무.

둥지가 되어 준 말라 떨어진 나뭇가지, 쓰레기 더미 위 비닐 끈, 거리에

나뒹구는 빨대, 전선 조각들.

밤과 낮, 너와 나, 그리고 숲 회원 친구들이 보초를 서 준 시간.

야생 고양이조차도 생명을 지키는 데 필요한 긴장성을 가미해 주었다고

생각한다.

생명의 힘은 우리가 생각하는 것보다 더 셀지도 모른다. 겁먹지 말자.

친구 J에게 숨이

침대에 누워 숲 샘의 글을 다시 한번 읽었다. 나도 비둘기 알을 지키는 데 일조했으니, 글 속에 나를 표현한 부분을 찾으며 읽었다. 읽을수록 마음이 따뜻해지는 것 같았다. 친구 J에게 보내는 편지라고? 내 성이 '조'이니 나일 수도, 엄마 이름이 '재경'이니까 엄마에게 보낸 것일지도 모른다.

그때 문자 메시지 알림이 연달아 요란스럽게 울렸다.

—몸은 좀 어때?

—많이 안 좋니?

—나, 유라.

유라였다. 나는 벌떡 일어나 앉았다. 숨이 멎는 것 같았다. 웬일이야? 내 번호를 지우지 않았던 걸까? 나도 유라의 번호를 지우지 않았던 모양이다.

─혹시 이 쪽지 편지 기억나니?

4년 전, 내가 주었던 편지를 유라가 사진 이미지로 보내 왔다. 뭐지? 이게 무슨 상황이지? 불쾌감이 올라와 얼굴이 화끈거렸다. 태리 말에 의하면 이 편지는 유라가 쪽쪽 찢어서 쓰레기통에 버렸다고 했는데.

─이 편지 찾느라 한참 걸렸네. 벌써 오래전 일이잖아.
　그때 네가 준 편지, 너무 고마웠어. 너도 그때 마음이 상했을 텐데,
　이렇게 어른 같은 말로 나를 위로해 주었어.
　그 이후에도 여러 번 읽어 보았어.
─그때 학교에서 일부러 나를 피하는 것 같았어.
　요즘 그때의 일이 그대로 반복되는 것 같아 좀 기분이 그랬어.
　그때도 그랬거든. 네가 먼저 말 걸어 주기를 바랐는데.
　서로 기다리다 시간을 놓친 건 아닐까 생각해 봤어.

뭐지? 얼떨떨했다. 유라는 내 대답 같은 건 필요 없다는 듯 장

문의 문자를 연이어 보냈다.

나는 유라의 메시지에 아무 대답도 하지 않았다. 아니 하지 못했다. 편지를 갖고 있었다고? 분명 쪽쪽 찢어 흰 눈처럼 쓰레기통에 뿌렸다고 했는데.

주말이 지나면 학교를 가지 않은 지 일주일이 된다.

금요일 한낮에 엄마가 들어왔다.

"이 시간에 어쩐 일?"

"사표 냈어."

툭, 한 개의 안전망이 터지는 소리가 내 안 깊은 곳에서 울리는 것 같았다.

"이거 아니면 살길이 없겠나, 내가 사라지기야 하겠나, 그런 생각이 들어서. 너무 겁먹지 않으려고. 너에 대해서도."

엄마가 이렇게 세게 나올 줄 몰랐다. 우리 집은 이제 뭘로 먹고 살 수 있는 건가, 생존의 문제를 걱정해야 하는 것 아닌가 하는 생각이 들었다.

엄마가 내게 말한 일주일이라는 시간이 지나고 있다. 솔직히 좀 갈등하고 있다. 학교를 가야 하나 말아야 하나. 학교를 가고 안 가고는 이제 중요한 문제가 아닐 수도 있겠다는 생각이 들었다. 유라와의 일이 어디에서 잘못된 건지 알아보고 싶은 마음이 굴뚝 같았지만, 누구에게도 묻지 않았다.

"얘네들은 언제 깨어날까요?"

내가 멍하니 비둘기 알을 보며 말했다.

"글쎄, 곧 나올 것 같아. 알을 깨고 나오는 건 온전히 얘네 스스로의 몫이야."

힘없고 여린 것들일 텐데 어떻게 알을 깰 힘이 있는 걸까.

"오늘은 인서 너를 그려 볼래? 어떤 이미지가 제일 먼저 떠올라?"

나는 아트만지 위에 그림을 그렸다.

쥐다. 구덩이 속에 갇혀 세상 밖을 내다보는 쥐. 나는 쥐의 눈으로 구덩이에서 바라본 바깥세상을 그렸다. 동굴 속에서 바라본 하늘. 쥐 한 마리가 불안에 떨며 하늘을 올려다보는데 하늘엔 뭉게구름이 봉싯봉싯, 그 아래는 푸른 바다가 펼쳐지고 사람들은 알록달록한 수영복에 튜브를 끼고 파도를 타기도 수영을 하기도 한다. 까치발을 한 생쥐의 뒷발에는 바깥세상에 대한 부러움과 동경이 발갛게 달아올라 있다.

"그림 제목이 뭐야?"

숲 샘이 물었다.

나는 한참 만에 그림 아래 이렇게 썼다.

'바깥은 준비됐어.'

언덕을 내려오며 유라에게 문자를 넣었다.

—내일 보자.

바람의 독서법

* 제목 '바람의 독서법'은 김형술의 시 「타르초, 타르초」(『타르초, 타르초』, 중앙북스, 2016)에서 차용했다.

1

"야, 너 봤냐?"

분명 그림이 움직였다. 아니 그림 속의 한 소년이 움직였다.

"뭐가?"

어젯밤에 희망이 없다고 징징대던 윤수가 희멀건 눈으로 되물
었다.

"봐, 움직이잖아."

박물관 기획전에 걸려 있는 대형 그림을 가리키며 내가 말했다.

"뭐얼?"

윤수가 귀찮다는 듯 늘어지는 소리로 대꾸했다.

"저, 저거, 쟤 보이냐? 지금 청사초롱 들고 뛰어다니잖아."

"뭐가? 미친놈. 정신 차려 인마. 이제 헛것도 보이냐? 너도 드디어 맛이 가는 모양이다."

윤수가 헛소리하지 말고 나가자며 잡아끌었다. 나는 여전히 그림에서 눈을 떼지 못한 채 끌려 나왔다.

초등학생 때부터 지금껏 소풍 때마다 드나들던 박물관이다. 고등학생이 되었어도 소풍 장소는 변하지 않았다. 옛그림 특별전이 있다며 아이들의 항의를 무릅쓰고 담임의 설득으로 오게 된 곳이다. 아이들은 좀비처럼 행렬을 따라 걸을 뿐이다. 우리에게 박물관은 어제도 똑같고 오늘도 똑같은 일상과 같은 곳이다.

고래 배 속 같은 박물관을 유속이 빠른 물살이 되어 돌다가 걸음이 멈춰선 곳은 옛그림 특별전 코너였다. 갑갑했던 전시실과 다르게 특별전 공간은 신선한 바람으로 가득했다. 자연과 조화를 이룬 건축물로 전국에서 손꼽히는 구조이다. 건물 하단에 창을 내어 중정의 정원이 보이고, 천장 가까이에도 창을 내어 통풍이 잘 되게 만든 아름다운 건축물로 이름나 있다.

벽면을 차지한 대형 그림 앞에서였다. 분명 그림이 움직였다. 초롱을 들고 뛰어다니는 댕기 머리 소년의 움직임에 따라 그림의 초점이 달라졌다. 그런데도 이상하다고 말하는 아이가 없다. 다들 박물관을 빠져나가기 바빴다. 윤수 말대로 내가 정말 맛이 간 것일까.

박물관 앞산을 멍하니 바라보았다. 바람이 뒷덜미를 쓸고 지나 갔다. 선득했다. 그 순간 뱀처럼 구불거리는 능선을 따라 빛이 번 쩍거렸다. 마치 산 뒤편에서 조명을 비춰 주듯 능선을 따라 햇빛 의 산란이 일어났다. 산 전체가 빛을 뿜어내는 것 같았다. 눈을 비 볐다. 그래도 마찬가지였다. 윤수 너도 보이냐고 물어보려다가 그 만두었다. 이번엔 주먹이 날아올지도 모른다.

혹시 눈에 이상이 생긴 것일까. 눈을 다시 비벼 보았다. 노란 알 갱이가 떠다니는 것 같아 보이더니 잠시 뒤, 그것은 사라지고 눈 앞의 산은 여전히 번쩍거렸다.

방금 전에 본 그림도 헛것이라고 치부해 버리기엔 소년의 움직 임이 확연했다. 청사초롱에서 흘러나오는 불빛으로 소년의 발길 이 닿는 곳마다 환해지는 모습은 그림이 아니라 영화의 한 장면 같았다. 어느 야시장의 한 장면이 분명한데 다른 모든 것은 정지 해 있어도 댕기 머리 소년만은 초롱을 들고 바삐 뛰어다녔다. 소 년의 움직임에 따라 그림 속 포인트가 달라졌다. 마치 이곳만은 꼭 보고 가라고 말하는 것처럼 초롱의 불빛이 닿는 곳에는 흑백 의 그림이 옅은 채색을 띠기도 했다. 댕기 머리 소년은 어둑한 시 장판을 날아다니는 한 마리 반딧불이였다. 푸줏간에도 기웃거리 고, 대장간 앞에서도 발걸음을 멈추었다가, 서책과 종이를 파는 지전 앞에서는 꽤 오래 머물렀다.

윤수가 어깨를 축 늘어트린 채 등나무 아래 벤치로 숨어들었다. 낮게 드리워진 덩굴 때문에 벤치는 어둠침침했다. 등을 구부리며 앉는 윤수의 뒷모습이 마치 빛을 피해 어둠 속으로 숨어드는 꼽등이 같았다. 어젯밤, 난데없이 망 타령을 하던 윤수가 떠올랐다.

"난 가망이 없어."

"뭐? 무슨 가망. 무슨 말이야?"

"……."

윤수의 한숨 소리가 길었다.

"야, 우리가 언제 가망, 뭐 그런 가능성 보고 살았냐?"

"그래, 인마. 희망이 없다고."

윤수가 마음 상한 투로 말했다.

"갑자기 무슨 망 타령이야?"

"나, 대학 안 갈 거다."

"미친놈. 네가 대학 안 가는 게 아니라, 널 받아주는 대학이 없는 거겠지."

"알아, 짜식아. 그렇게 확인사살 안 해도 안다고."

"왜 그래? 갑자기 썰렁하게. 나라고 뭐 오라는 대학 있는 줄 아냐?"

내 성적은 어중간했다. 포기하기도, 그렇다고 작파하기도 애매했다. 차라리 버린 자식 취급했으면 좋겠는데 담임은 굳이 희망을 잃지 말라고 했다. 정작 엄마는 내 성적을 포기한 지 오래다. 윤수도 나와 별반 다르지 않다. 그런 윤수에게 내가 위로의 말을 건네는 것이 지나가던 소가 웃을 일이지만, 상태가 심각한 것 같아 나오는 대로 지껄였다.

"왜 희망이 없어, 인마. 내일 아침 무슨 반찬을 먹을지도 희망이고 급식 시간에 어떤 메뉴가 나올지도 희망이고, 나중에 어떤 여자 친구를 만날지도 우리에겐 희망 아니냐?"

근거 없이 이런 말을 주절주절 늘어놓았다. 나도 희망이 없기는 마찬가지인데 이런 거 저런 거 계산할 새 없이 당장 윤수의 까부라진 목소리가 더 급해 보였다.

"되지도 않을 거 용 쓰며 돈 버리고 싶지 않다. 엄마도 지금 생활비 대 주기가 빠듯한 거 같고."

또다시 윤수의 긴 한숨이 이어졌다. 초등학교 때 윤수 부모님은 이혼을 했다. 엄마가 집을 나간 이후로는 아버지와 형과 함께 살고 있다. 아버지는 사업이 기운 후 건강이 좋지 않아 허드렛일로 소일하는 게 다라고 했다. 어젯밤 윤수의 전화를 끊고 나도 맥이 빠졌다. 우울은 전염력이 강했다.

방에서 나오지 않는 형에 비하면 나는 그나마 상태가 양호한 편이라고 생각한다. 형은 초등학생 때부터 전교 1등을 놓치지 않았다. 그보다 어렸을 때는 영재 판정도 받았다. 형은 한번 본 것은 절대 까먹지 않았다. 한글은 거리의 간판이나 티브이 자막으로 우습게 깨쳤고, 천자문도 술술 읊었다. 형의 머릿속은 카메라 같아서 한번 눈으로 찍은 것은 곧바로 저장되어 언제든지 꺼내 볼 수 있는 구조라고 영재 판정단은 말했다.

그런 형과는 전혀 다른 나를 보며 엄마는 달라도 어쩌면 이렇게 다르냐고 했다. 형은 고등학교를 가서도 전국 3퍼센트에 드는 모의고사 성적을 유지했다. 그런 형이 방문을 닫아 걸고 틀어박힌 건 고2에서 막 고3으로 올라갈 때였다. 형은 이제껏 잘 달려오다 마지막 스퍼트 부분에서 자신을 놓아 버린 마라톤 선수처럼 피치를 올려야 하는 부분에서 아예 드러누워 버렸다. 엄마는 무너진 하늘에 깔려 거의 죽기 직전까지 간 것 같은 얼굴로 형을 지켜보았다. 열리지 않는 형의 방문을 붙잡고 울던 엄마의 처절한 몸부림을 보며 나도 함께 울었다.

그런 내가 엄마에게는 하등 위로가 되지 않을 걸 알지만, 나는 내 맘속에서 엄마를 내친 적이 없다. 엄마는 어렸을 때 이미 엄마가 생각하는 기준에서 나를 내려놓은 것 같았다. 형보다 현저하게 간섭이 심하지 않은 것을 보면 알 수 있다. 형의 모든 것은 엄마가 관리했다. 친구 관계부터 학원 스케줄, 심지어 노는 시간, 먹는 것까지 통제했다.

나에게는 어떤 것도 터치해 오지 않았다. 엄마의 관심이 온통 형에게 쏠렸을 때 나는 자유를 얻었다. 정확히 말하면 무관심일 것이다. 온통 형을 향한 엄마의 관심은 나에게까지 쏟을 여력이 없었다. 나는 그게 좋았다. 지나친 관심보다는 자유가 좋았다. 나는 형을 보는 것만으로도 숨이 막혔다. 될성부른 떡잎은 철저히 자유를 박탈당한다는 것을 알아챈 뒤부터는 나를 어중간하게 만들기로 했다.

학교 앞 문방구나 노점에서 간식을 사 먹어도 되었고 친구도 내가 원하는 대로 사귈 수 있었다. 제일 좋은 건 보고 싶은 책을 마음대로 볼 수 있다는 거였다. 내가 엄마를 보며 가장 질렸던 건 형이 읽는 책도 관리 대상이 된다는 거였다. 논술이나 진학에 관련된 것으로 내용이 짜여진 도서만 읽을 수 있었다. 형은 내가 봐도 크는 게 아니라 키워지는 거였다.

형의 정확한 은둔 이유는 아무도 모른다. 형은 일절 말을 하지 않았으며, 집 안에 사람이 있을 때는 방 밖으로 나오지 않았다. 방문을 잠그고 나오지 않는 형을 향해 엄마가 문을 부술 듯이 두드리자 형이 소리쳤다.

"엄마를 죽일지도 몰라요. 엄마를 미워하지 않으려고 이러는 거예요. 그러니까 내버려 두세요!"

형은 괴물처럼 소리쳤다. 그런 뒤 방에 있는 물건을 마구잡이로 때려 부수는 소리가 들렸다. 그게 끝이었다. 그 후 형의 목소리를 들은 적이 없다.

엄마는 나의 고1 1학기 중간고사 성적과 3월, 6월 모의고사 성적을 보고 모든 것을 내려놓았다. 사실 형에 비해 성적이 형편없는 것이지 중간 이상은 가는 편인데, 엄마에게는 쓰레기 같은 숫자일 것이다. 집에서든 학교에서든 인서울 정도의 성적이 아니면 인생 실패자 분위기였다. 그렇다 보니 대부분의 아이들이 이미 낙오자라는 패배감을 맛봐야 했다.

"전문대라도 가야 하지 않겠니?"

"아니다. 그냥 네가 뭘 하고 싶은지나 찾아보는 게 어때?"

"대학 뭐, 안 가도 되지 않을까?"

"너 하고 싶은 거나 해. 뭘 좋아하고 재미있어 하는지 그거 먼저 찾아보는 게 어때? 공부가 뭐 중요해? 우리나라에서 몇 퍼센트나 공부한 거로 풀어 먹고 살겠어."

엄마가 형을 키우는 동안 한 번도 입에 담지 않은 말이었다. 같은 사람이 맞을까 싶을 정도로 내게 상반된 태도를 보였다. 나는 아무래도 상관없었다. 하고 싶은 대로 할 수 있는 이 어중간함이 좋았다. 이것도 경지라면 경지이다. 한결같이 앞서지도 쳐지지도 않는 페이스. 마라톤의 생명은 페이스 유지다. 어차피 인생은 오래달리기라고 했으니 일관성 있는 페이스가 맞을지도 모른다.

헌 옷가지처럼 의자에 걸쳐 있는 윤수 옆에 앉았다. 바람이 불었던가? 낮게 드리운 덩굴 때문에 바람이 불지 않을 줄 알았는데,

선들 불어온 탓인지 비로소 느껴졌다. 저 멀리 시선 끝에 걸리는 능선이 다시 번쩍거렸다. 머리채를 흔들며 눈을 감았다. 정말로 헛것이 보이는 것일까.

2

점심시간에 도서관으로 향했다. 도서관은 학교에서 제일 오래된 건물이다. 70여 년 전 마을 사람들이 돌을 쌓아 학교를 짓고, 세월이 흘러 규모가 커지자 도서관으로 사용하기 시작했다. 바닷가 몽돌처럼 생긴 동글동글한 돌로 만들어진 돌담도서관은 이 학교에서 유일한 단층 건물이다. 그래서 편안하고 아늑한 느낌이 든다. 여름이면 돌담에는 무성한 담쟁이넝쿨이 자라고 가을 초입이 되면 단풍이 발갛게 물들기 시작한다.

도서관에서 뒹굴뒹굴 책을 보다 수업 시간에 늦을 때가 종종 있다. 이야기에 빠져 책을 읽다 보면, 잡다한 것들은 스윽스윽 지워지듯 사라진다. 오직 이야기와 이야기 속을 휘저으며 다니는 내가 있을 뿐이다. 서가 사이 구석에 있는 나를 발견한 사서 샘이 소스라치게 놀라며 수업 시작했다는 소리를 들은 뒤에야 교실로 뛰어갈 때가 많았다.

"작가와의 만남 할 건데, 강우 네가 진행해 보면 어때?"

신발을 벗고 도서관으로 들어서는 나를 보고 사서 샘이 말했다. 나는 잠시 사서 샘을 멀뚱히 보다가 물었다. 이게 무슨 뜬금없는 제안인가 싶어서다.

"네? 제가요?"

"선생님이 당연히 도와줄 건데, 우리 돌담도서관의 책벌레 두 명이 진행해 보면 어떨까 해서."

"아이, 무슨 말씀이세요. 제 인생의 목표는 '튀지 않는다'예요."

"오호호호. 너 웃기다, 얘."

"그러니까 제 목표를 흔들지 마시고 자유롭게 놔둬 주세요, 샘."

"그래? 그렇다면 할 수 없지. 이번에 모시는 작가님 책 전권 친필사인 받아서 선물로 받는 게 진행자에게 주는 특혜인데. 음……그럼 누가 있지?"

사서 샘은 명단을 뒤적거리며 다른 아이를 물색했다. 친필사인과 전권이라는 말이 귀에 꽂혔다.

"누가 오는데요?"

"섭외 전화부터 너희들이 하는 거로 했으면 해서, 그 작가님을 모실 수 있는지는 아직 모르겠어."

"그러니까요, 후보 작가님이 누군데요?"

"우리 도서관 대출 1위, 만나고 싶은 작가 설문 조사했을 때 너희들이 1위로 뽑았던 작가님이 1번."

내 귀는 아까보다 더 크게 열렸다.

"제, 제가 해요. 그러면 작가님 쓰신 책 전권을 주시고 사인 받을 수 있는 거 확실하죠?"

"그으럼~."

"제가 해요. 제가 한다니까요?"

나는 도서부원 명단을 손에서 놓지 않는 사서 샘의 손을 지그시 누르며 말했다.

"오홍홍홍."

사서 샘은 자신의 작전이 들어맞아서 좋아하는 건지 나의 성급함을 즐기는 건지 모를 웃음소리를 냈다.

후보 1번의 작가는 윤수처럼 책을 읽지 않는 아이들도 책이 재미있구나, 라는 생각이 들게 해 주는 작가다. 중학생 때부터 그분 책을 읽었고, 신간이 나올 때마다 도서 신청란에 책 제목을 또박또박 써넣으며 수서 요청을 했다. 그러잖아도 사인본 한 권이라도 소장하고 싶었는데, 전권이라니. 목구멍에서 저절로 룰루랄라가 흘러나오는 것 같았다.

그 작가의 책을 책장에서 모두 뽑았다. 지금까지 나온 여섯 권의 책은 이미 읽은 것이지만, 행사 진행을 하면서 참가자들에게 질문을 유도하려면 다시 한번 읽어 봐야 할 것 같았다.

빨갛게 상기되어 돌담을 기어오르는 담쟁이 잎이 바람에 흔들렸다. 파도치듯 돌담도서관 벽면이 넘실거렸다. 돌담도서관의 생김새와 역사는 사서 샘의 은근한 자부심이다. 선생님은 여기서 일하게 된 자기는 정말 행운아라고 말하곤 했다. 이렇게 예쁜 도서관에 신발을 신고 들어오면 되겠냐며 바닥을 리모델링 한 뒤로는 실내화를 벗고 들어와야 하는 불편함을 안겨 준 곳이다. 하지만 공사 후 방 안처럼 편안해져서 뒹굴며 책을 보기에는 더없이 좋았다. 아이들은 제집처럼 어디든 몸을 걸치고 책을 보았다.

창가 아래서 책을 펼쳐 들었다. 부드러운 바람이 문턱을 넘어 불어올 때였다. 책 속의 문장들이 번쩍 빛을 내는가 싶더니 키워드만 돋을새김처럼 떠오르는 것이다. 마치 박물관 특별전시관에서 보았던 청사초롱을 든 소년의 움직임에 따라 사물이 빛을 받아 생기를 일으켰던 그림처럼 글자마다 빛이 번쩍거렸다. 박물관 앞산 능선에서 보았던 빛이 특정 낱말에서도 뿜어져 나와 그 낱말에 눈이 가지 않을 수 없었다. 책을 많이 읽으면 자동으로 속독이 된다던데. 그런데 속독이라는 게 특정한 글자가 크게 보인다거나 빛이 난다는 얘기는 들어보지 못했다. 뭐지?

나는 책을 덮고 눈을 감았다. 바람은 계속 내 코끝을 스치고 지나갔다. 아주 쾌적하고 부드러운 바람이었다. 눈앞이 휘청 어지러워 머리를 창문턱에 기댄 순간이었다.

"이강우, 작가님께 전화 한번 드려 보자. 우리 학교에 모실 수 있는지."

눈을 뜨자 사서 샘 옆에는 옆 반 재수탱이 이현이 서 있다. 무릎에 쌓여 있던 책이 와르르 무너졌다. 나는 기겁하며 일어났다.

"현이 알지?"

사서 샘이 현이를 바라보며 내게 물었다. 현이는 새침한 표정으로 나를 보는 건지, 책을 보는 건지, 창문 너머 담쟁이 잎을 보는 건지 애매하게 시선을 두었다.

"네, 옆 반이에요."

사실 현이와는 옆 반의 인연을 뛰어넘어 초등학생 때부터 질기디질긴 인연을 갖고 있다. 현이 엄마와 우리 엄마는 절친이었다. 은근 나를 현이와 경쟁 붙이던 엄마는 중학생이 되자 포기한 듯 현이 엄마와 멀어지기 시작했다. 요즘엔 내 성적이 현이보다 한없이 처져서 현이 엄마와 거의 만나지 않는 눈치였다. 그간 엄마가 현이와 나를 비교할 때마다 현이가 없어졌으면 싶었다. 제발 내 눈앞에서 사라지길 바랐지만, 현이와는 초중고를 줄곧 같은 학교에 다니게 되었다.

이런 거 저런 거를 떠나 내가 현이를 싫어하게 된 결정적 계기는 초등학교 2학년 여름이었다. 때 이른 더위로 거의 멘붕이 될 지경이었는데, 그 당시 학교에서는 냉방기 사용 기간이 아니라며 교실을 찜통으로 만들었다. 현이는 초록색 해바라기 그림이 한가득 그려진 까만색 민소매에 짧은 치마를 입고 레이스가 달린 흰 양말을 신고 있었다. 그때만 해도 현이와 나는 경쟁을 떠나 무척 죽이 잘 맞는 친구였다. 최소한 내가 이 말을 하기 전에는 말이다.

"현아, 너 찌찌 보인다."

현이는 가슴을 움츠리듯 제 옷 앞섶을 구기며 쓸어안은 뒤 내 따귀를 때렸다. 현이는 울며 집으로 가 버리더니 옷을 갈아입고 나타났다. 그사이 현이가 사라졌다고 선생님이 얼마나 수선을 피우는지 덩달아 나까지 마음이 졸았다. 방과 후에 현이 엄마와 우리 엄마가 학교를 찾아오고 두 사람은 그 후로 절친이 되다시피했다. 나는 현이를 위해서 해 준 말인데 왜 따귀를 맞아야 했는지 그때도 지금도 여전히 모르겠다. 이후 현이와는 눈도 마주치기 싫어했다. 나한테는 이래저래 재수탱이 없는 아이였다.

"이번에 작가 초청 북콘 현이랑 같이 진행할 거야."

왜? 하필? 나는 책을 꽂으며 말했다.

"왜, 왜 쟤예요? 쟤랑 하면 저 안 할래요."

"이게 무슨 비매너? 우리 학교에서 도서대출 1, 2위, 그러니까 도서관 문턱이 닳도록 들락거리는 두 사람이라 선생님이 나름 생각해서 붙여 본 건데?"

그래, 가끔 도서관에서 이현을 본 기억이 있다. 그럴 때마다 내 눈을 씻고 싶을 정도로 두 번 다시 보고 싶지 않다고 생각했다. 이현은 완전 생까는 얼굴로 나를 모르는 척했다.

"이건 아닌 거 같아요. 작가 초청 프로그램 망치고 싶지 않으면 저를 바꾸시든가 얘를 바꾸시든가요."

나는 턱으로 이현을 가리키며 말했다.

"야, 너 은근 뒤끝 길다."

이현의 새된 목소리가 서가를 울렸다. 싸가지 없는 건 나이를 먹어도 똑같았다.

나는 이현을 밀친 뒤 도서관을 나와 버렸다.

나중에 사서 샘에게 설득을 당하면서 들은 거지만, 사실 이현이 먼저 나와 진행을 해 보겠다고 했다는 것이다. 도무지 저의를 모르겠다는 생각이 들었다. 따귀를 맞은 후 현이 옆에 반경 몇 미터 이상 가 본 적이 없다. 그런데 왜? 무엇 때문에? 정말 납득할 수 없는 일이었다. 며칠 뒤, 이유나 들어 보자는 생각이 들어서 사서 샘에게 해 보겠다고 했지만 영 찜찜했다.

요즘 들어 왜 이렇게 납득할 수 없는 일이 일어나는지 모르겠다. 지난번에 박물관에서 움직이는 그림을 본 후부터인 것 같다. 움직이는 그림부터 책을 보면 나타나는 돋을새김 현상, 그리고 이현과의 재회까지. 내가 서서히 미쳐 가는 게 아닌가 하는 생각이 들었다.

9월 모의고사 보는 날이 되었다. 1교시 언어 영역 시간, 시험지를 받아 들 때 창문으로 소슬한 바람이 불었다. 시험지가 펄럭였다. 시험지를 받아 들고 문학 부문 문제를 풀 때였다. 지문이 문제와 관련된 키워드만 골라 글꼴이 달라지기 시작했다. 머리채를 흔들며 다시 보아도 바뀐 글자 모양은 달라지지 않았다.

한번 머리에 들어온 글자는 뇌리에서 지워지지 않았다. 눈에 들어왔던 키워드가 딱딱 떠올라 문제가 술술 풀렸다. 보통 때는 절대로 눈에 들어오지 않던 비문학 지문도 글꼴과 크기가 다른 키워드가 떠올라 문제를 쉽게 풀 수 있었다. 답이 맞는지 틀린 건지는 모르겠지만, 오지선다형 문제를 풀면서 어떤 것이 가장 정답에 근접한지가 이렇게 쉽게 결정되는 것도 오랜만에 맛보는 일이다.

문제는 모의고사가 끝나고 며칠 후에 벌어졌다. 월등히 오른 내 모의고사 성적 때문이다. 단박에 내 성적은 상위권으로 뛰어올랐다.

"그것 봐. 포기하지 말라고 했잖아. 내가 널 알아봤다니깐. 네 형을 보면 알지."

담임은 내 모의고사 성적표를 들여다보며 흐뭇한 미소를 지었다.

'나를 포기하지 않은 게 형 때문이라니.'

형이라는 말에 얼굴이 굳어지는 게 느껴졌다. 형만 생각하면 가슴이 갑갑해진다. 형은 언제까지 방 안에서 똬리를 틀고 나오지 않으려는 걸까.

"봐, 하면 된다고 했잖아."

나는 전보다 더 노력한 게 없다. 그것 하나만은 확실했다. 당최 내가 뭘 했다는 얘기인지 모르겠다. 성적표를 보고도 믿기지 않았다. 이건 내가 의도한 게 아니다. 나는 튀는 걸 정말 싫어한다. 내 능력 이상으로 나를 과도하게 평가하는 것도 싫고, 그 이상을 끌어올리기 위해 갖은 말로 설득하려는 것도 싫다. 나는 오로지 자유롭고 싶을 뿐이다. 나한테 거는 기대나 희망, 그런 것도 구속이라는 걸 형을 통해 충분히 학습한 상태였다. 형은 지금 자기 의지를 상실한 박제된 짐승 같았다.

선생님마다 내 머리를 쓰다듬거나 어깨를 치며 '오~' 하는 말을 흘리며 지나갔다. 이건 내가 생각한 상황이 아니다. 관심, 주목, 그런 거로부터 멀찍이 떨어져 있고 싶었는데 한 번의 모의고사가 나를 무명에서 벗어나게 만들어 버렸다.

"짜식, 책 많이 읽더니. 실력이 나오나 보다."

모든 반응에 심드렁한 나를 보며 "겸손까지 있냐?" 하고 말하는 담임은 빙그레 웃으며 흡족한 눈빛을 거두지 않았다.

교실에 들어서자 아이들이 일제히 '오~' 하는 반응을 보였는데, 반에서 1등을 놓치지 않던 녀석만은 고개를 수그린 채 조용했다. 형을 보는 것 같아 속이 편치 않았다.

곰곰이 생각해 보았다. 이건 내가 바라는 상황이 아니다. 아무 노력도 없는 대가이기도 하고, 관심을 받는 것 역시 남의 옷을 걸친 듯 불편했다. 아무래도 빛 때문인 것 같다. 글자의 크기가 달라지고 키워드가 도드라지는 현상 때문에 벌어진 일이 분명했다. 마치 댕기 머리 소년이 청사초롱을 들고 글자마다 빛을 비춰 주면 나는 그것에 따라 답을 고르는 것과 같은 것이다. 빛만 있었던가? 그림이 움직인다거나 글자가 커지는 현상도 있었다. 현상이 일어날 때의 공통점을 떠올려 보았다.

도무지 생각이 모아지지 않았다.

3

도서관으로 향했다. 초청 작가의 책을 읽으려고 펼쳐 들었을 때도 같은 현상이 일어났던 게 생각나서였다. 서가로 들어가 같은 책을 펼쳤다. 지난번과 같았다. 그 페이지의 핵심 단어가 부각되는 현상은 여전했다. 머리를 세게 흔든 뒤 다시 책을 고쳐 들 때, 사서 샘이 다가왔다.

"현이랑 진행 원고를 좀 써야 하지 않을까?"

사서 샘이 내 손에 들린 초청 작가의 책을 보고 빙그레 웃으며 말했다.

"네, 그래야죠. 책을 한 번 더 읽고 하려는 중이에요."

사서 샘이 내 상태를 눈치채면 어쩌나 하는 조바심이 들어 눈을 마주치지 않고 말했다.

"현이가 먼저 써 본 거라며 초안 가져온 게 있는데, 한번 볼래?"

현이의 원고를 대충 훑어보았다. 제법이다. 아주 자연스러운 말투는 둘째 치고, 작품과 작가에 대한 생각을 드러내지 않으면서도 나름 날카로움을 가지고 있는 멘트가 많았다. 내 할 일은 그다지 없을 듯했다.

"좋은데요? 이대로 해도 되지 않을까 싶어요."

원고를 다시 선생님께 건네며 말했다.

"너무 성의 없는 거 아니야? 마음을 좀 실어야 하지 않을까?"

"아, 진짜 좋아서 그러는 건데요? 이현 원고요."

"그럼, 원고를 현이가 썼으니까 섭외 전화 다시 하는 건 네가 하는 걸로 적정하게 역할 분담을 하면 될 것 같다."

지난번, 작가님께 전화했을 때 통화가 되지 않았다. 그때 얼마나 긴장하며 전화를 걸었는지, 손가락에 쥐가 날 정도였다. 전화보다는 메일이 더 정중할 것 같아서 메일을 넣어 놓은 상태였다.

"그 뒤에 메일로 의뢰 드렸어요."

"어머, 진짜? 답장은 보내 주셨어?"

"확인은 아직요. 모의고사 기간이었잖아요."

사서 샘은 도서관 컴퓨터로 확인하자며 호들갑을 떨었다.

우리 학교에서 모실 수 있는 날짜는 9월 모의고사 후 10월 중간고사 전이나 12월 기말고사가 끝나고서이다. 작가님에게서 먼저 잡힌 일정이 많아 12월에나 가능하다는 회신이 와 있었다. 사서 샘은 환호성을 지르며 내 등짝을 북 두드리듯 두들겼다.

작가님의 메일 아래 먼저 와 있는 편지가 보였다. 이현이 보낸 거였다. 나는 사서 샘이 볼 새라 얼른 메일함을 닫아 버렸다. 작가님의 회신 메일보다 이현의 편지가 나를 더 긴장시켰다.

집에 오자마자 메일함부터 뒤졌다. 작가 초청 진행 원고를 써 보았으니 보라는 말 아래, 뜻밖에도 형에 대한 얘기가 있었다. 입학하자마자 본 3월 모의고사에서 전교 1등, 전국 7등을 했던 형의 여자 친구 이야기이기도 했다. 5월 중간고사에서 내신 1등은 당연한 거라고 기대하던 주변의 기대에 미치지 못하자 결국 자살해 버린, 이현과 같은 성당에 다녔던 언니가 형의 여자 친구라고 했다. 그 죽음이 형과 어떤 연관이 있는 것일까. 형이 방문을 걸어 잠그고 칩거한 이유라도 되는 것일까. 눈앞이 핑 돌았다. 형이 극단적 선택을 하지 않고 견디고 있는 것이 그나마 다행이라는 생각이 들었다.

현이가 왜 이제야 이 얘기를 하는 것일까.

엄마가 간식을 가지고 들어왔다. 황급히 메일함을 닫았다.

"학교에서 연락 받았어. 모의고사 성적. 영어나 수학 학원을 더 다녀 보는 건 어떠니?"

나는 대답하지 않고 화면의 팝업 창만 바라보았다.

"충분히 희망이 있다던데?"

"모의고사 성적 잘 나온 거랑 희망이랑 무슨 상관이 있어? 성적이 안 나오면 희망도 없는 사람이야?"

엄마는 간식 접시를 소리 나지 않게 내려놓고 대꾸없이 방을 나갔다. 모의고사 성적 하나로 학교에서든 집에서든 관리하려고 드는 게 좀 웃겼다. 그동안 아무 관심도 없다가 태도를 달리하는 게 불쾌했다. 성적이 곧 존재였단 말인가. 성적이 좋지 않으면 존재 감도 없는 투명인간 취급하면서. 엄마는 형이 방에 틀어박힌 이후 나에게도 죄인처럼 굴었다.

엄마만은 알고 있었을지도 모르겠다. 형의 친구 관계까지 다 간섭했었으니까. 설마 엄마의 개입이 있었던 건 아니겠지?

형은 지금 엄마를 미워하지 않으려고 애쓰는 중이라고 했다.

다시 메일함을 열었다. 현이는 형의 은둔 소식을 얼마 전에 알게 돼서 충격이었다고 했다. 현이는 마지막 문장에 그렇게 썼다. 두렵다고, 그런 죽음을 두 번 다시 보고 싶지 않다고.

내 모의고사 성적을 보며 성당 언니의 죽음이 떠올라, 언니와 전에 주고받았던 메일함을 뒤져 보게 되었다고 했다. 언니는 남자 친구를 이니셜로 표기했는데, 나중에 보니 우리 형의 이니셜과 같다는 것을 알게 되었다고 했다. 형의 은둔 이유에 여자 친구의 사연이 있지 않을까, 헤아려봤다는 내용이었다. 어쩌면 만에 하나, 같은 사람이 아닐 수도 있다는 말을 덧붙이며 조심스럽게 편지를 보낸다고 했다.

나는 이현이 무슨 말을 하는 건지 모르겠다. 내 모의고사 성적 때문이라니.

벌써 중간고사 기간이다. 시험을 대비하면서 중간고사에서 원래대로 돌아간 내 성적 때문에 주변이 상처받지 않기 바라는 마음이 컸다. 기대가 부풀어 버린 담임하며, 슬슬 형에게 했던 프로젝트를 나에게 적용해 보려는 엄마의 의욕을 보았기 때문에 부담스러웠다. 책을 볼 때마다 글꼴이 달라 보이거나 도드라져 보이는 현상은 불시에 일어났다. 주로 어떤 때에 일어나는지 되새겨 보았다. 어떨 때는 칠판의 글씨도 빛이 나며 커지고는 했다. 핵심 단어가 될 만한 것들이 앞다투어 움직이며 내 뇌리에 무언가를 심어 주고자 하는 의도가 다분해 보였다.

빛? 날씨? 계절? 음식?

도대체 무엇이 작용하는 것일까.

분명히 공통점이 있을 것이다.

박물관 기획전시실을 떠올려 보았다. 빛이 있었고, 그래 바람, 바람이 있었다. 박물관 앞산을 볼 때도 바람이 불었다. 도서관에서 책을 볼 때도 창문 넘어 불어오는 바람이 있었고, 모의고사를 볼 때도 내내 창문을 통해 선선한 바람이 불었다. 그렇다면 바람과 글자 크기가 커지거나 글꼴이 달라지는 건 어떤 관련이 있는 것일까.

검색창에 막연히 '바람'과 '글자'로 키워드를 입력했다. 시 한 편이 검색되었는데 거기에서 '타르초'라는 단어가 눈에 띄었다. 타르초는 티베트 불교 사원 앞에 만국기처럼 펄럭이는 깃발을 뜻한다. 깃발에 불교 경전을 쓴 뒤 사원 마당에 여러 갈래의 줄을 매어 걸어 놓는 것이다. 불경이 바람을 타고 멀리 있는 중생들에게 전해지길 바라는 의미라고 한다. 그 깃발을 쓰다듬고 지나간 바람이 경전의 말씀을 실어 나를 거라는 바람이 담긴 것이다. 더군다나 글자를 모르는 고원의 오지 사람들에게 타르초는 말씀에 다가갈 수 있는 유일한 방법이었다고 한다. 바람을 타고 세상 구석구석에 말씀을 전하고자 하는 희원. 그것이 사원 앞의 타르초나 초원의 룽다라는 깃발로 표현되는 것이다.

중간고사를 치는 동안에도 영락없이 돋을새김 현상이 일어났다. 지문이 번쩍번쩍 빛을 발하며 키워드가 올라오고 문제 속의 핵심 단어와 맥을 같이 하도록 연결되었다. 바람에 그런 힘이 들어 있는 것일까. 바람의 힘을 빌어 경전의 말씀을 실어 나르듯, 어떤 기원이 지금 나에게서 발현되는 것일까? 왜 나일까? 나는 그런 간절함 같은 것을 품어 본 적이 없다. 내가 바란 건 오직 바람과 같은 자유로움뿐이다. 주변의 관심이 나에게 쏠릴수록 그 마음은 더욱 확고해졌다. 자유롭게 사는 것이 생명으로서 타고난 숙명이라는 것을 말이다. 그걸 통제하고 가로막을수록 인간은 생명답지 않게 인간답지 않게 살아갈 것이라는 생각이 들었다. 데이비드 소로가 월든 호숫가에서 한 마리 곰처럼 오두막집을 짓고 살듯 그렇게 생명으로서 자연스럽게 사는 것. 그것이 진정한 삶이라는 생각이 점점 깊어졌다. 왜 하필이면 나에게 이런 일이 벌어지는 것일까. 바라지 않아도 저절로 생기는 능력이 인간에게 있을 수 있다는 말인가.

선생님들은 시험시간 내내 유난히 나를 신경 썼다. 지난번 모의고사 때 혹시 부정행위 한 것은 아니냐는 말이 학교에서 돈 모양이다. 입장을 바꿔 놓고 생각해 봐도 충분히 가능한 상상이다. 중위권에서 왔다갔다하는 애매한 성적의 학생이 단번에 전교 상위권, 그것도 반에서 1등을 하는 것은 거의 기적에 가까운 일이다. 고등학교에 입학하면 누구나 기를 쓰고 공부하기 때문에 내신 등급을 올리는 건 그야말로 맨손으로 히말라야를 오르는 것과 같다. 게다가 내 반응이 심드렁했던 것도 한몫한 모양이다. 제 노력으로 된 게 아니기 때문에 그럴 거라는 나름의 논리적 근거로 내 모의고사 성적을 의심하는 사람들이 있다는 것이다. 그런 이유로 나는 중간고사 기간 내내 감독관들의 독수리 같은 눈초리를 받아야 했다.

시험이 끝난 뒤, 작가 초청 세부 프로그램을 짜기 위해 도서관에서 현이와 만났다. 메일을 받은 이후 처음 보는 것이다. 북 콘서트이니 노래 부를 사람도 정하고 퀴즈 시간도 마련하기로 했다. 제반 선물이나 다과 등 물질적 지원은 모두 도서관 예산에서 해 주기로 했다.

"근데, 왜 지금 그걸 알려 주는 건데?"

나는 말의 앞뒤를 자르고 현이에게 단도직입적으로 물었다.

현이가 고개를 들어 쏨벅이는 눈으로 나를 바라보았다.

"무슨 말이야?"

"형 얘기."

현이는 시선을 피해 하던 일을 마무리하려는 듯 다시 책상 위로 고개를 떨궜다.

"너 때문에."

"뭐?"

전혀 예상치 않은 곳을 가격당한 기분이었다.

"네 모의고사 성적 때문에."

"그게 뭐?"

"두렵다고 했잖아. 네가 그 언니처럼 될까 봐. 그리고 네 형도……."

현이는 형 얘기를 꺼내다 말꼬리를 자르며 자리에서 일어섰다. 마침 사서 샘이 들어오는 바람에 말을 더 이을 수 없었다.

중간고사 성적이 나왔다. 담임은 그거 보라는 듯이 매우 흡족한 얼굴이었고, 의심의 눈초리를 거두지 않던 선생님들도 지난번 모의고사 성적까지 인정한다는 분위기였다.

엄마의 눈빛도 그즈음 살아나기 시작했다. 형을 대신할 관심의 타깃을 새로 설정한 듯, 나를 대하는 태도가 달라졌다. 좀 어색했다. 처음엔 엄마의 그런 관심이 나쁘지 않았다. 버린 카드는 아니었구나, 하는 생각이 들었지만 형처럼 사육당하는 건 거절하고 싶었다.

기말고사 기간이 빠르게 다가왔다. 빛의 현상에 대해 결론난 것이 없어서 혼란스러운데, 주변에서는 벌써부터 난리였다.

"너무 부담 갖지 마. 대신 잘 나오면 최고 대학도 노려볼 수 있겠어."

이건 담임의 말이다.

"이번에도 보여줄 거지? 짜식, 기대한다."

이건 학년 부장의 말이다.

"지금 성적 계속 유지하려면 학원이라도 다녀야 하지 않겠니? 뭐 필요한 거 있으면 얘기해. 얼마든지 해 줄게."

이건 엄마의 말이다. 다른 사람들과 달리 조금은 자신 없는 듯한, 조금은 겁을 집어먹은 듯한 목소리였다.

나는 대답을 안 하는 것으로 일관했다. 그간 일어난 현상을 얘기해 봤자 믿지도 않을 것이며, 제 형에 이어 동생도 맛이 간 모양이라고 할 게 뻔했다.

첫 시간은 국어였다. 올해 들어 최고로 추운 날이라고 했다. 창문은 닫혀 있고 바람은 불지 않을 것이다. 정말 바람과 관계가 있는 거라면 시험지 위에 글자가 도드라지거나 커지거나 폰트가 달라지는 현상은 없어야 한다.

그런데 시험지를 받아 들고 지문을 읽기도 전에 여기저기서 지난번 속도보다 빠르게 단어와 구절이 커지거나 빛이 나며 글꼴이 달라지기 시작했다. 그것을 조합하여 읽을 때까지도 글자는 계속 움직였다. 마치 어떤 순서를 암시하는 것처럼 앞다투어 번쩍거렸다. 돋을새김처럼 위로 뜨는 것을 붙여서 읽어 보려다 눈을 질끈 감았다. 속이 울렁거렸다. 눈꺼풀이 쉴 새 없이 떨렸다.

누군가 내 귀에 대고 속삭였다. 뜨거운 입김이 느껴질 정도였다.

"지금 뭐 하는 거니?"

필기구를 내던지며 자리를 박차고 일어섰다. 의자 끌리는 소리가 매우 컸다. 아이들의 시선이 일제히 쏠렸고, 감독 선생님이 저지하기 위해 내 쪽으로 다가오며 말했다.

"얌마, 뭐야? 왜? 화장실 가려고? 시험 시작했으니 안 돼."

나는 선생님의 목소리를 뒤로하고 뒷문을 급하게 열고 뛰쳐나갔다. 토할 것 같았다. 복도는 괴괴할 정도로 고요했다.

옥상으로 올라가는 계단 앞까지 단숨에 뛰어가 섰다. 그때 마침 감독관 샘이 소리치며 뒤쫓아 왔다.

"야! 뭐야, 너? 어디 가!"

뒤이어 여러 개의 발소리가 다급하게 들려왔다. 나는 모든 소리로부터 도망치듯 입을 틀어막은 채 허둥지둥 옥상으로 향했다.

옥상 문을 열자, 하얀 시멘트 바닥에 햇빛이 빗살처럼 퍼져 눈이 부셨다. 차가운 공기가 이마에 닿자 울렁거렸던 속이 가라앉는 듯했다.

바람이 거셌다. 칼날 같은 바람이 볼을 때렸다. 나는 옥상 난간

앞에 섰다. 속이 탁 트였다. 학교는 산 아래에 있는 마을과 산 너머 아이들을 가르치기 위해 산 중턱에 지었다고 했다. 그 옛날 마을 사람들이 그저 까막눈만 면하자는 마음으로 쌀을 추렴하고 강가의 돌을 주워 교실을 지었다고 했다.

"강우야, 왜 그래? 부담 갖지 말랬잖아! 거기 서, 안 서?"

이건 담임의 목소리다.

"왜 그래, 이 자식아. 그게 그렇게 부담스러우면 시험 대충 보면 되잖아. 너같이 배부른 새끼가 뭐가 부족해서 그래? 더 욕먹기 전에 돌아와!"

이건 윤수의 목소리다.

"야, 이강우! 너 나한테 사과 안 했어. 난 그날 이후 민소매 티셔츠를 입어 본 적이 없어. 예쁜 민소매 티셔츠가 얼마나 많은데, 네가 그걸 내 세계에서 없애 버렸어. 알어? 나는 그날 네가 나한테 사과할 줄 알았어. 아니, 기다렸어. 그리고 작가 초청 북 콘서트는 어쩌려고? 나 혼자 하라고? 나쁜 새끼, 그때나 지금이나 저만 아는 건 똑같아."

이건 이현의 목소리다. 뭘 사과하라는 거지? 내가 사과해야 하는 거였나? 따귀를 올려붙인 사람이 사과해야 하는 것 아닌가?

곧이어 이현이 소리치며 우는 소리가 들렸다.

"이건 아니야, 이건 아니라고오!"

그런데 다들 왜 이렇게 오버하고 난리인지 모르겠다. 무슨 상상을 하는 건지 알 수가 없다. 내가 뛰어내리기라도 할 것 같은가 보지? 착각하지 마라. 나는 절대 그렇게 독한 놈이 못 된다.

그냥 나는 그간 일어났던 일이 내 것이 아니라는 생각이 들었을 뿐이다. 요 몇 달간 남의 옷을 훔쳐 입은 것처럼 불편했다. 나는 편안하게 내 옷을 입고 싶다. 나를 옥죄는 것들로부터 벗어나고 싶다. 그러기 위해 옥상으로 올라와 바람을 쐬고 있는 것이다. 나로 돌아가기 위해, 그러기 위해서는 일단 멈춰야 한다는 생각에 시험지를 내박치고 나온 것이다.

어쩌면 500년 전에 불었던 야시장의 밤바람이 잠깐 나에게 당도한 건지도 모른다. 바람은 시공간의 경계를 허물며 달려와 잠시 내게 머물렀을 것이다. 밤바람 속에 댕기 머리를 휘날리며 서책 심부름을 하던 소년의 간절한 기원이 나에게 당도한 것일지도 모른다. 까막눈을 면하고 싶던 누군가의 간절한 소원이 나에게 도착한 것일 수도 있다.

어떤 이의 간절한 기원이 티베트 고원을 넘어 바람을 타고 나에게 닿아 글자 크기가 달라지고 빛이 난 것일 수도 있다.

그때 바람이 나에게 이렇게 물은 건지도 모른다.

"너, 거기서 뭐 하는 거니?"

나는 그것에 답하기 위해 박차고 나왔을 뿐이다.

바람은 잠깐 머물다 갈 것이다.

흔들리는 난타

오늘이 결정의 날이다. 우리 가족이 뭔가 결정해야 하는 날이다. 그 시한은 내가 정했다. 엄마 아빠도 별다른 대꾸 없이 그 시한을 받아들였다. 참 미안하게도 고마운 일이다.

5월 2일 토요일 오후 2시 박물관 앞 야외 특설무대에서 그 결정을 확인하기로 했다. 나는 무대 위에서, 엄마 아빠는 관객으로 무대 아래 잔디밭에서 대면하기로 했다. 그날이 바로 오늘인 것이다. 역사적인 순간은 아직 네 시간 정도 남았다. 나는 시계를 들여다보며 강당으로 향했다.

오늘, 그러니까 오후 2시 공연이 성공적으로 마무리될 때까지 학교 강당은 난타반이 접수했다. 그건 '날아다니는 쌍절곤'의 무식한 우기기와 교장의 포기가 있었기에 가능한 일이었다. 교장은 애초에 난타반을 문제 학교의 문제 반으로 낙점했다. 그렇지만 날아다니는 쌍절곤은 문제아들의 진정한 에너지를 발견할 수 있는 기회라며 교장을 설득, 결국 강당을 연습실로 접수하는 쾌거를 올렸다.

날아다니는 쌍절곤은 부임 초반에 누가 선생이고 누가 학생인지 모를 정도로 경계 없이 행동했다. 어느 뒷골목에서 굴러먹다 온 건 아닐까 싶을 정도로 날티가 났고, 중력이라곤 도무지 없어 보이는 팔랑거림으로 학교를 누비고 다녔다. 남학생들과 장난을 치거나 겨루기 할 때도 짓궂기로 말하면 한 수 위였고, 승부가 걸렸다 하면 아이들에게도 목숨 걸고 쪼잔하게 굴었다. 오히려 과묵한 용태가 얼굴로 보나 덩치로 보나 선생 같아 보였다. 물에서 금방 건져낸 물빤드기 같은 얼굴 탓이 크지만, 그렇다고 우습게 봤다가는 한 큐에 날아가는 수가 있다.

그러니까 작년 가을 새 학기가 시작될 무렵, 날아다니는 쌍절곤, 즉 난타 샘이 우리 학교에 나타났다. 그의 출현은 내가 '무림 소녀'라는 걸쭉한 별명을 얻게 된 역사의 시작이기도 했다. 난타 샘은 오자마자 난타반을 만드네, 힙합 동아리를 만드네, 무술 동아리를 만드네, 하며 설치더니 결국 교장과 난타반으로 합의를 이끌어 냈다. 교장은 똥 싼 바지 같은 것을 질질 끌고 다니며 껄렁대는 꼴은 죽어도 못 보겠다며 힙합 동아리는 결사반대, 무술 동아리는 만에 하나 사고라도 치면 골치 아프다는 이유로 쌍 손사래를 치며 저지했다. 그나마 셋 중 가장 무난한 건 난타라고 생각했는지 마지못해 허락한 것 같았다.

난타반의 지원자는 단 한 명도 없었다. 우리 학교 아이들은 도통 뭐 하고 싶은 게 없는 아이들이기 때문이다.

그렇기 때문에 난타반은 그야말로 강제 징집이었다. 난타 샘이 수업 시간에 오른쪽 검지를 뻗어 '너, 수업 끝나고 강당으로 와' 하면 그만이었다. 그런데 난타의 손가락에 점 찍힌 아이들은 대부분 한가락 하는 아이들이었다. 나도 예외가 아니었다. 왜요? 하고 이의를 제기할 법도 하건만, 한가락 하는 세계는 그런 자질구레한 이의제기 같은 건 하지 않는 것이 암묵적인 규칙인 양 아이들은 방과 후 꾸역꾸역 강당으로 모여들었다. 순전히 어쩌나 보겠다는 호기심 발동, 그 이상도 그 이하도 아니었다.

동아리 활동 첫날, 하마터면 나는 불이 나게 엉덩이를 맞을 뻔했다. 간발의 차로 내 뒤에 재형이가 들어왔는데, 그 애가 바로 불려 나간 것이다. 난타는 재형이에게 다짜고짜 엎드리라고 했다. 쭈뼛대며 머뭇거리자 난타는 재형이의 정강이를 재바르게 걷어찼다. 재형이는 불에 그슬리는 마른오징어처럼 오그라들며 고꾸라졌다. 그것도 잠시, 잽싸게 일어난 재형이는 절도 있게 엎드려 뻗쳤다. 한가락 하는 아이들의 특징은 빨리 위험을 감지하고 바로 사태 파악에 들어가 잽싸게 행동으로 옮긴다는 것이다. 재형이도 더 개겨 봤자 이득이 없다는 걸 단번에 알아챘던 것이다. 회초리를 들어 올리는 난타의 어깨가 울뚝 일어섰다. 근육이 장난 아니었다. 다리통 같은 팔뚝이 재형이의 엉덩이를 덮쳤다. 재형이의 엉덩이에서는 연기가 이는 것 같았다. 포스 작렬이었다.

아이들과 장난칠 때와는 딴판이었다. 저절로 목구멍으로 침이 넘어갔다. 강한 사람 앞에서는 누구보다 비굴한 재형이에게 난타 샘의 계산은 맞아떨어졌다.

난타가 기선을 제압하기 위해 재형이가 필요한 것처럼 우리도 난타의 기를 누르기 위해 누군가 나서야 했다. 그런데 아무도 없었다. 역시 감이 빠른 아이들 무리다웠다.

"늦지 마라. 앞으로 내 시간만큼은 늦으면 안 된다. 제일 늦게 오는 놈이 독박 쓰는 거다. 알겠나?"

다른 선생님에게 맞을 때마다 눈싸움하며 깝죽거리는 것을 포기하지 않던 재형이가 마룻바닥에 코를 박은 채 일어서질 못했다. 걸핏하면 학교 때려치운다는 말을 달고 다녔는데, 그날부로 재형이는 자퇴 얘기는 입도 뻥긋하지 않았다.

난타반은 도합 여덟 명의 아이들이 모였다. 여자 아이는 나와 옆 반의 홍랑이뿐이다.

"너희가 난타반에 모인 것은 운명이다. 운명은 거부해도 소용없다. 그러니 그냥 받아들여라. 우린 이제 한 배를 탔다. 죽으나 사나 같이 노를 저어 가야 한다. 기꺼이 함께 갈 수 있으리라 믿는다. 여기 모인 인원으로 끝까지 간다. 방과 후나 토요일 오후, 필요하면

일요일에 연습할 수도 있다."

나는 무슨 근거로 난타가 나를 지목했는지 궁금했다. 아니 확인하고 싶었다. 침을 삼킨 다음 손을 들었다. 얼음판에 금이 쩍 가는 소리로 들렸겠지만, 이대로 그냥 넘어갈 수는 없다.

"질문 있습니다."

쪽팔리게 목소리 끝이 떨렸다.

"그래, 말해 봐라."

동냥아치에게 찬밥 덩어리 던져 주듯 난타의 목소리에는 아량이 묻어났다. 종잡을 수 없는 스타일이다.

"무슨 이유로 난타반 아이들을 지목하신 건가요?"

나는 목소리를 한껏 누르며 대담한 척했다.

"다들 궁금하겠지. 이유가 있다. 그건 다른 아이들에서 볼 수 없는 너희들만의 에너지를 보았기 때문이다. 너희 가슴속에 들끓고 있는 활화산 같은 분노라면 충분히 난타반을 이끌고도 남으리라고 믿는다. 그 믿음마저도 무슨 근거냐고 묻는다면 그건 대답 못한다. 그건 너희들로부터 읽은 나의 직감이니까. 난 죽어도 못 하겠다, 하시는 분은 너희와 똑같은 애를 데려다 놓고 빠지면 된다, 끝."

순간, 깊이를 알 수 없는 웅덩이 속으로 쑥 빨려 들어가는 느낌이었다. 어쩔했다. 나와 똑같은 애? 한 번도 생각해 보지 않았다. 나와 똑같은 애는 어디에도 없다. 아마 전 세계를 훑어도 나 같은 애는 없을 것이다.

집에 들어가기 싫어서 밤늦도록 친구들과 어울려 노는 아이, 담배와 술은 기본이며 밤새도록 원정 클럽 죽순이로 희불그레하게 밝아 오는 새벽빛을 받으며 집으로 가는 아이, 공부하기 싫어서 실업계로 빠진 아이, 그것도 시내 학교가 아닌 시외로 떨려난 아이, 하지 말라는 것만 골라 하는 아이. 그런 아이가 바로 나, 이채원이다. 잘난 아빠의 말씀처럼 나는 집안의 수치다.

여기 모인 아이들의 일상은 세월아 가라, 나도 간다 식으로 시간을 때우는 것이 보통이다. 말초적인 것, 즉 먹는 것, 싸는 것, 입는 것, '쌔끈'한 거에나 반짝할까, 그 외에는 관심이 없다. 난타가 말한 열정이라는 것이 과연 어느 구석에 붙어 계시다는 건지 납득이 가지 않았다.

삥 뜯는 일에 온갖 공을 들이는 재형이, 수업 시간에 까불다가 돌아 버린 선생에게 뺨 싸대기를 오십 대 맞고도 실실 웃는 건우, 걸핏하면 주먹을 휘둘러 파출소 출입이 화려한 용태. 도대체 이들의 어디에 그런 고상함이 들어 있다는 것일까.

나는 다시 손을 번쩍 들었다. 이왕 쪽팔린 거 죽기 아니면 까무러치기였다.

"선생님, 저는 안 하겠습니다."

나 역시 하고 싶은 게 별로 없는 사람이다. 머리털 나고 사고라는 것을 한 이후 누가 시킨다고 순순하게 따른 적이 없다. 지금까

지 그래 왔고 앞으로도 그럴 것이다. 더군다나 미친 듯이 두들겨
야 하는 난타는 생각만 해도 짜증이 몰려왔다.

강당 안의 공기는 재형이가 북어포처럼 바닥에 들러붙었을 때
보다 더 심각하게 얼어붙었다. 난타는 두 눈을 감았다. 이내 두 눈
꺼풀을 파르르 떨었다. 아직 나지 싶었다. 그런데 난타의 반응은
예상 밖이었다.

"이채원! 너와 똑같은 아이 데려올 수 있나? 내일 이 시각까지
너와 똑같은 아이 데려오면 안 해도 좋다."

헉, 어느새 이름까지 다 외우고. 보통 치밀하게 사전 작업을 한
게 아니라는 생각이 들었다. 상대의 패는 짐작조차 못 하는데 나
의 패를 다 들켜 버린 듯한 위협감이 들었다. 난타는 다짐을 받듯
너희들도 마찬가지라며 으름장을 놓은 후 강당을 빠져나갔다.

그즈음 나는 아이들과 노는 것이 시시했다. 아무래도 그날 이
후인 것 같다. 홍랑이가 찍은 아이가 있었는데, 좀처럼 말을 듣지
않았다. 얼굴도 반반하고 키도 미끈하게 빠진 데다, 노는 것도 좋
아하고 사교성도 좋아 남녀 불문 인기가 좋은 아이였다. 특히 남
학생들은 그 아이의 번호를 따기 위해 별별 치졸한 수를 다 썼다.
홍랑이가 딱 좋아할 스타일이다. 홍랑이는 휘하에 거느리기를 좋
아하는데, 그 아이가 자기 밑으로 들어오면 더할 나위 없이 구색
이 맞을 것 같다고 슬쩍 귓속말을 한 적이 있다. 한두 번 만나면서

담배부터 트기로 한 모양이다. 그런데, 고 깜찍한 것이 담임한테 꼰질러서 홍랑이를 중심으로 줄줄이 엮여 교무실에 불려 가게 된 것이다. 그날 학생주임은 한껏 모욕적인 말을 늘어 놓았다. 대가리에 똥만 잔뜩 들은 새끼들, 인간쓰레기 같은 것들, 너희들을 낳고 미역국을 먹은 너희 어매들이 불쌍하다는 얘기까지 덧붙였다. 그 얘기를 들을 때 잠깐 엄마의 얼굴이 스치긴 했지만, 불쌍하다는 생각이 들지는 않았다. 그 정도쯤이야 인이 배고도 남았다. 그 정도 맷집도 없이 나대지는 않는다. 개한테 손대지 말라는 학주의 반 협박조의 말을 끝으로 우린 학주의 소음에서 벗어날 수 있었다.

거기까지는 좋았다. 학주의 기차 화통 같은 목청에서 벗어났다는 생각에 홍랑이와 새들새들 웃으며 교무실을 빠져나올 때였다. 미술 샘과 눈이 딱 마주쳤다.

"언제까지 그렇게 어리광 부리며 살래? 이제 엄살 그만 떨 때도 되지 않았니? 네가 정말 원하는 게 뭔지 진지하게 생각할 때도 되지 않았냐고? 정말 소중한 건, 네 주변이 아니라 바로 너야, 알겠니?"

미술 샘은 연타로 날카로운 표창 던지듯 날이 선 말을 내 발밑에 뿌려 놓고 표표히 사라졌다. 수업 시간에 건우의 이죽거림에 질려 곧잘 눈물을 보이던 사람이 아니었다. 가끔 내게 색감 있다는 말을 하고 수업 시간에 종종 나를 처연한 눈빛으로 바라보았다. 그럴 때마다 속으로 재수 없다며 이기죽거리곤 했다.

얼마 전 미술 샘이 '말(언어)'을 그리라고 했다. 아이들은 그림 주제도 저 닮은 또라이 같은 것만 내준다며 거의 낙서 수준으로 끼적거렸다. 나는 머리에 뾰족한 뿔을 달고 하얀 송곳니가 삐드러진 얼굴에 선홍빛 망토를 걸친 괴물을 그렸다. 푸른 꼬리에서 속말과 겉말이 다르게 나오는 것을 표현하였다. 괴물 앞에는 만신창이가 된 한 여인이 있었다. 그 여인은 말로 된 표창을 등에 무수히 꽂은 채 울고 있었다. 그때 미술 샘이 내 그림을 한참 들여다본 뒤 가져갔다.

흠, 대체 나에 대해 뭘 안다고. 이래저래 재수에 옴 붙은 날이라며 창밖으로 시선을 돌렸다. 비바람이 엄청나게 몰아쳤다. 운동장가의 버드나무는 머리를 산발한 채 비바람에 휩쓸렸다. 뛰쳐나가 빗줄기 속에 흠뻑 젖고 싶었다. 그러면 속이 좀 시원해질까?

그때였다. 내가 서 있는 시간이 아득히 지루해졌다. 그 시간이 내려앉은 하늘만큼 나를 짓누르는 것 같았다. 무엇보다 앞으로 남은 삶의 내용이 뻔해 더 가봤자 그게 그거일 것 같았다. 나를 이제껏 곧추세웠던 것이 훅 빠져나간 느낌이었다. 서 있기가 힘들었다. 앞으로도 계속 이렇게 살아야 한다면? 싫증이 났다.

그 이후부터 나는 아이들과 어울려 패싸움하는 것도, 희부옇게 밝아 오는 새벽녘에 쓰린 속을 부여잡고 집으로 가는 일도 하지 않았다.

제시간에 들어온 딸을 보고 놀라는 엄마도 보기 드물 것이다. 중학교 때까지만 해도 일이 벌어지면 학교로 찾아와 눈물을 보이며 내게 애절한 눈빛을 보내던 엄마였다. 나는 그런 엄마가 더 숨막히고 싫었다. 일이 터질 때마다 학교 선생님들에게 간식을 사 나르며 무마하려는 모습도 달갑지 않았다. 차라리 나에게 관심을 끊어 주길 바랐다. 사랑하지도 않으면서 가족이라는 이유로 함께 사는 것은 고문당하는 거와 다를 바 없었다.

내가 고등학교를 인문계도 아닌 실업계로, 그것도 시내에 있는 학교를 두고 시골로 간다고 하자, 엄마는 그제야 끈을 놓는 것 같았다. 엄마가 나를 포기하는 것은 아빠를 포기하는 것보다 몇 배 더 힘들었을 것이다.

싸울 대상이 없어지면 의욕도 사라지나 보다. 모든 것이 시들먹했다. 밥 먹는 것도, 아침에 눈 뜨는 것도, 학교에 오는 것도, 홍랑이가 깝죽거리는 애들 발라 주자는 것도 다 귀찮고 성가셨다. 홍랑이도 나 없는 일진 놀이는 김빠진 사이다라며 재미없어했다.

그러던 차에 재수 없게 난타라는 복병을 만난 것이다.

난타반 두 번째 소집일, 소리 나는 것을 준비하여 모이기로 했다. 양동이, 도마, 정수기 물통…… 재형이는 어디서 봤는지 드럼통을 가지고 나타났다. 솔직히 재형이가 제일 먼저 튕겨 나갈 줄 알았다. 그런데 가장 고분고분했다. 어제 매타작 뒤 재형이만 남아 난타와 얘기를 나누는 것 같았는데, 어떻게 구워삶은 건지 깝 죽거림이 직수굿해졌다.

나는 나와 체격이 비슷한 아이들에게 혹 난타 해 보지 않겠냐 고 제의를 했다. 말이 좋아 제의지 완전 구걸이나 마찬가지였다. 이렇게 한순간에 사람의 격이 떨어질 수 있다니. 어떻게든 난타반 은 면하고 싶었다. 아이들은 겁먹은 얼굴로 내 제의를 거절했다. 난타의 검지에 찍힌 것이 몹쓸 전염병에라도 걸린 양, 나와 눈도 마주치지 않으려고 했다. 하긴 찍힌 아이들 속에서 쪽이라도 세 우려면 어느 정도 깡은 있어야 한다. 아이들은 쫄면서 거절했지만 단호하게 고개를 저었다.

방법은 한 가지밖에 없다. 학교를 그만두는 것. 하지만 그렇게 되면 무수한 시간 앞에, 맥도 못 추고 지레 죽어 버릴 것 같았다.

여덟 명의 아이들이 모이자 완전 고물상이 따로 없었다. 아이들 은 일렬로 늘어서 강당으로 향했다. 드럼통을 든 재형이가 제일 먼저 앞장섰으며 그 뒤로 용태, 건우, 홍랑이, 그리고 맨 끝에 내 가 걸었다. 이따위 것을 들고 설쳐야 하다니 쪽팔려 죽을 것 같았 다. 지나가는 아이들이 흘끔거렸다. 건우가 '씨발, 뭘 꼬나 보냐'고 하자 아이들은 못 본 척 고개를 돌렸다. 완전 동물원의 원숭이가 된 기분이었다.

수업 시작 십 분 전이다. 그래도 아이들은 강당으로 몸을 밀고 들어갔다. 다들 말이 없었다.

들어서자마자 우리는 모두 그 자리에 우뚝 멈춰 서고 말았다. 석양빛이 스민 창가에서 까만 새 한 마리가 쌍절곤을 휘두르며 날고 있었다. 그 날카로움은 독수리 같았고, 엇비스듬히 들어오는 빛을 까맣게 가르는 모습은 창공 위에서 맹렬히 싸우는 한 마리 까마귀 같았다. 첫소리의 파열음이 날카롭게 분절되어 강당 안을 가득 채웠다. 바람을 가르는 소리는 팽팽했다. 손을 내밀면 만져질 것 같은 양감이 탄력적이었다. 깃털같이 가붓한 발놀림으로 쌍절곤을 돌리는 사람은 바로 난타였다.

검정색 민소매 사이로 울끈불끈 솟는 팔뚝의 근육과 쉴 새 없이 돌아가는 쌍절곤에서 눈을 뗄 수 없었다. 현란했다. 난타는 쌍절곤과 한 몸이 되어 움직였다. 몰입, 그게 무엇인지 알 것 같았다. 자신도 잊어버리고 의식하지 않는 상태. 난타가 움직일 때마다 사선으로 빗겨 드는 햇빛 속에, 땀방울은 파편이 되어 공중에 편편히 흩어졌다. 눈이 부시도록 찬란했다.

호흡부터 관절의 꺾임 하나하나까지, 박자가 맞지 않으면 쌍절곤은 허공으로 날아가거나 바닥에 떨어지거나 사람의 몸을 가격하게 될 것이다. 여덟 명의 시선 같은 건 강당 안에 없었다. 난타는 오롯이 쌍절곤과 하나였다.

재형이가 드럼통을 떨어트리는 바람에 난타는 쌍절곤 돌리는 것을 멈추었다. 아무도 말이 없었다. 난타의 거친 숨소리만이 더운 김을 뿜으며 쏟아졌다.

"선생님, 쩔어요. 짱이에요."

드럼통을 떨어트린 게 무안한지 재형이가 큰 소리로 말했다. 목소리 톤이 오버스러웠다. 박수치며 엄지손가락을 치켜드는 놈이 있질 않나, 우와, 대박, 감탄사를 연발하질 않나. 다들 뻑이 간 것 같았다.

"저희도 가르쳐 주세요."

주먹보다 쌍절곤을 휘두르기로 마음먹은 건지, 말이 없던 용태가 나서서 말했다. 용태의 눈빛이 반짝거렸다.

"자, 모여라. 쌍절곤은 난타 연주하기 전에 몸풀기 용으로 하는 것이다."

펄떡이는 난타 샘의 가슴팍은 땀으로 홍건했다. 등에서는 더운 김이 연신 피어올랐다. 저런 상태에 빠졌다 나오면 막힌 속이 뚫릴 것 같았다. 후련하다는 것은 저런 것 아닐까.

"배우고 싶나? 너희들이 원한다면 가르쳐 주지."

그때부터 난타 샘의 별명은 '날아다니는 쌍절곤'이 되었다. 생각보다 무지막지한 인간은 아닌 모양이라는 생각이 들었다. 화끈하면서도 쿨한 것이 나름 우리와 코드가 맞겠다는 기대가 생겼다.

남자아이들 눈에서는 빛이 났다. 마치 이제껏 찾아 헤매던 무림 고수를 만나, 수제자 자리라도 예약한 것처럼 난타반이라는 사실에 힘이 들어간 것 같았다.

"너희들이 준비한 것은 모두 훌륭하다. 이제부터 우리가 두드릴 수 있는 건 그게 무엇이 되었든 악기가 된다. 무작정 두드리는 것이 아니라 소리의 합을 찾아내는 것이 난타다."

우리는 각자 들고 온 것을 한 자리에 놓고 살폈다. 냄비, 국자, 프라이팬, 페트병, 식칼과 도마를 들고 온 아이도 있었다. 용태 앞에는 자장면 배달통이 있다. 철가방을 보자마자 모두 웃음을 터트렸다. 왠지 용태에게는 철가방이 어울렸다. 용태가, 다른 아이도 아닌 용태가 인터넷을 검색하고 난타 연주에 쓰일 악기를 구해 왔다는 건 큰 변화였다. 혹시 난타가 용태도 구워삶은 것은 아닐까.

"선생님, 쌍절곤은 언제 가르쳐 주나요?"

"쌍절곤도 하나의 난타다. 우리 몸과 손놀림을 통한 난타다. 너희들이 난타 박자를 하나씩 익혀 갈 때마다 쌍절곤 기술도 한 가지씩 늘어 가게 될 거다. 연습을 게을리한다거나 아무 이유 없이 빠지면 그때부터 모든 것은 종료다. 개인의 행동이 여러 사람에게 어떤 피해를 주는지 너희들 두 눈으로 똑똑히 보게 될 것이다."

밥맛없는 화법이다. 나는 날아다니는 쌍절곤의 화법이 마음에 들지 않았다. 이거 아니면 저거, 모 아니면 도 뭐 이런 식이었다. 여지가 없다. 그런 식의 화법이라면 진저리가 났다. 아빠랑 똑같았기 때문이다. 그런 식의 말투로 아빠는 엄마와 나의 목을 십수 년째 조르고 있다.

"뭘 해도 어중간하게 하지 말아라, 하려면 하고 말려면 말아라.

이도 저도 아닌 거 딱 질색이다. 공부도 마찬가지다. 할 거면 제대로 해라. 그렇지 않으면 내 눈앞에 보이지 말어라. 싹수가 노란 것은 일찌감치 잘라내는 게 낫다. 네 엄마도 마찬가지다. 쓸데없이 술이나 퍼마시고, 전화로 노닥거리기나 하고, 틈만 나면 집 나갈 핑계나 찾고…… 마음에 드는 구석이 한 가지도 없다. 집구석에 전화했을 때 네 엄마랑은 제대로 통화한 적이 없다. 통화 중이거나 아예 안 받거나."

엄마와 나는 아빠 앞에서 언제나 주눅이 들거나 죄인이었다. 사람이 비참해지는 건 1초도 걸리지 않는다. 그런 날 밤이면, 노랗게 뜬 싹이 된 나는 아빠가 휘두른 전지가위에 목이 댕강 잘리는 꿈을 꾸곤 했다. 나는 아빠 말처럼 싹수가 노랬다.

아빠에게 엄마는 정물이면 딱 좋았을 것이다. 그것도 구도와 색감을 고루 갖춘 보기 좋은 정물. 절대 토 다는 법 없이 아빠 말에 복종하는 그런 정물이기를 원했다.

엄마는 자신이 정물이 아니라는 것을 술을 먹거나 친구들과 여행 가거나 중학교 때까지 나에게 집착하는 걸로 보여 주었다. 그러다 보니 자연히 아빠와 부딪치는 일이 잦았고, 싸움도 커졌다. 어렸을 때부터 늘 궁금했다. 왜 엄마 아빠는 그악스럽게 싸우면서도 함께 밥을 먹고, 같은 방을 쓰며 다시 말을 거는지. 그럴 때마다 이렇게 묻곤 했다.

"엄마 아빠는 왜 또 친해?"

그러다 어느 날부터 엄마의 태도가 달라졌다. 엄마는 아빠의 어떠한 말에도 저항하지 않았다. 술도 마시지 않았으며 밤늦도록 전화로 노닥거리지도 않았다. 그렇다고 진짜 정물로 전락한 것이냐? 그것도 아니었다.

나는 엄마에게서 전에 없던 생기를 느낄 수 있었다. 이제껏 한 번도 본 적 없는 반짝거림이었다. 엄마는 아빠에게 책 잡힐 만한 어떤 짓도 하지 않았다. 잔소리밖에 할 줄 모르는 아빠의 화법은 길을 잃었다. 그 후 엄마와 아빠는 한 지붕 두 가족으로 무관한 사이처럼 살았다.

아빠는 그렇게 무덤덤한 것을 원했던 것일까.

그동안 중간에 끼여 죽을 것 같은 건 나였다. 그때부터 어중간한 것에서 벗어나기로 했다. 어중간하게 하던 공부를 때려치우고, 그간 흉내만 내던 것에서 아예 노는 아이로 넘어갔다. 아빠 말대로 모 아니면 도다.

엄마 아빠는 내 변화에 얼마간은 충격이 큰 것 같았다. 엄마는 학교로 찾아와 선생들에게 선처를 부탁하며 나에게 눈물을 보이는 것으로 반응을 보였다. 그렇지만 그것도 잠시, 엄마 아빠는 자신들의 영역으로 들어가 하루하루를 버티기에 급급했다.

어느 날에는 엄마의 핸드폰이 아빠의 망치질로 박살 나고 엄마는 아빠의 폭력 앞에 고꾸라져 의식을 잃기도 했다. 그래도 엄마는 저항하지 않았다. 엄마에게 애인이 생겼다는 것을 그때 알았다.

엄마는 아빠의 폭력을 감수하고라도 애인을 지키겠노라고 했다.

본격적으로 방과 후마다 난타 연습이 시작되었다. 우리는 각자 준비한 소품으로 연습을 했다. 처음엔 소리의 합이고 뭐고 간에 딱딱거리다가 끝날 때가 많았다.

그렇게 소음 같은 불협화음이 잦아들 때쯤 사고가 나고 말았다. 용태가 학교에 오지 않은 것이다. 난타 연습은 당연히 중단되었고, 쌍절곤은 구경도 할 수 없었다. 교장은 이때다 싶어 난타고 나발이고 집어치우라고 했다.

파출소에서 용태를 데리고 나온 것은 날아다니는 쌍절곤이었다. 용태가 길가다가 노인의 신발 뒤축을 밟은 모양이었다. 고개만 까딱하고 지나치자, 노인이 다짜고짜 달려들어 용태의 뺨을 올려붙였다. 억울한 것을 참지 못하는 용태가 길길이 날뛰다가 노인을 밀치게 되고 결국 파출소까지 가게 된 것이다. 용태는 올해 들어 세 번째 파출소 출입이다. 교장은 낯을 들 수 없다며 퇴학을 거론했다. 그때 나서서 말린 사람 역시 날아다니는 쌍절곤이라고 했다.

용태가 학교에 나오자, 난타반 아이들은 날아다니는 쌍절곤에게 무한 신뢰의 눈빛을 보냈다. 그것도 모자라 소집 명령도 없었는데 제시간에 모여 북채를 잡기도 했다. 있을 수 없는 일이다.

날아다니는 쌍절곤은 말없이 난타용 큰북을 내놓았다. 둥둥 가슴을 울리는 소리에 공연히 먹먹해졌다. 가슴속의 무언가가 꿈틀움직였다. 절대 깨지지 않을 것 같은 얼음 덩어리에 조금씩 균열이 가는 것 같았다.

연습이 끝나면 온몸이 녹진했다. 한바탕 격렬하게 몸싸움이라도 한 기분이랄까. 개운했다. 나만 그런 것이 아니었다. 연습이 끝난 뒤, 아이들 얼굴에는 이제껏 보지 못한 부드러움이 노글노글 번졌다.

나는 더 세게 북을 두들겼다. 손바닥에는 어느새 물집이 잡혔고 그 물집이 터지더니 피가 나기 시작했다. 밴드를 붙이지 않은 손가락이 없었다. 어느덧 굳은살이 노랗게 익어 갔다.

날아다니는 쌍절곤은 쌍절곤 잡는 법을 시작으로 매일 한 가지씩 기술을 알려 주었다. 용태 사건 이후 어느 누구도 규칙을 어기는 아이가 없었다. 여기 모인 한가락 하는 아이들은 모두 쌍절곤에 매료된 듯 서로가 서로에게 단단한 규칙이 되어 주었다. 만약어느 누구 때문에 또다시 쌍절곤 수업이 중단된다면 아마 그 아이는 조용히 맞아 죽을지도 모른다.

상하치기, 삼각치기, 상하돌리기, 팔자돌리기, 수평손등감기, 손등감아돌리기, 태극돌리기……. 기술을 하나하나 익힐 때마다 난타 연주의 박자감도 늘어 갔다. 날아다니는 쌍절곤은 연습 내내 소리를 질러 박자를 리드했으며, 쌍절곤 돌릴 때도 날렵함을 흩트리지 않았다. 단단한 근육이 움직일 때마다 독수리 같은 야생의 사나움이 느껴졌다. 쌍절곤이 돌아갈 때면 푸른 하늘을 유유히 맴도는 검은독수리가 연상되었다. 그야말로 예술이었다.

나는 팔자돌리기가 제일 좋았다. 현란한 손목 돌림을 마치고 나면 등줄기에 땀이 쪽 났다. 그 순간만큼은 아무것도 생각나지 않았다. 쌍절곤과 하나 되는 일체감은 은근 중독성이 강했다.

영화 〈말죽거리 잔혹사〉의 권상우 때문에 남자애들은 팔자돌리기에 목숨을 걸었다. 그렇지만 그 기술을 나만큼 따라올 사람은 없다. 왜냐, 그건 날아다니는 쌍절곤이 공식적으로 인정했기 때문이다.

"이채원, 제법이다. 팔자돌리기 할 때 넌 꼭 딴사람 같다. 그분이라도 오시냐?"

얼마 뒤 교내 축제에서 첫 공연을 했다. 나는 난타 공연 중간에 단독으로 팔자돌리기를 했다. 용태는 가장 어렵다는 태극돌리기를 했다. 그날 이후 아이들은 나를 무림소녀라고 부르기 시작했다. 아이들은 공연을 본 뒤 난타반을 부러워하는 눈치였다.

난타반은 돌아오는 봄, 박물관 페스티벌에서 공연하기로 했다. 청소년을 위한 특별 무대로 박물관에서 정식으로 요청한 초청 공연이었다. 날아다니는 쌍절곤과 교장은 꽤나 자랑스러워하는 눈치였다. 우리를 내내 못미더워하던 교장은 학교 축제 공연 이후 태도를 완전히 바꿨다. 여기저기서 공연 의뢰가 들어오는 것 같은데 날아다니는 쌍절곤과 상의하여 거르는 것 같았다. 가장 큰 공연이자 학교의 명예를 드높일 공연은 아무래도 박물관 봄 페스티벌인 듯 싶었다.

그것이 오늘이다. 5월 2일 토요일 오후 2시, 박물관 야외 특설무대에서 공연을 하기로 했다. 물론 난타 공연 사이에 쌍절곤도 함께 보여 주는데 오늘은 날아다니는 쌍절곤의 특별 공연도 있다. 날아다니는 쌍절곤은 불 쇼라는 말로 우리를 한번 더 놀라게 했다. 불 쇼는 우리에게도 미리 공개하지 않고 박물관 특설무대에서 정식으로 선보이겠다고 했다. 날아다니는 쌍절곤은 대체 몇 개의 카드를 더 갖고 있는 것일까?

강당에 모인 아이들은 들떠 있었다. 긴장한 듯하면서도 그동안의 연습이 몸에 밴 듯 즐기는 분위기였다. 마지막으로 박자를 맞추고 쌍절곤 공연이 들어갈 시간과 불 쇼 타임을 체크한 후 박물관으로 향했다.

5월의 햇살은 눈이 부실 정도로 찬란했다. 잎이 패기 시작한 박물관 뜨락의 나무들은 제 세상을 만난 듯 기지개를 켰다. 잔디밭에 띄워 놓은 애드벌룬과 오색 풍선들, 울려 퍼지는 감미로운 선율의 조화로 더욱 생기발랄한 5월 2일 토요일이다.

며칠 전에 부모님께 카드를 드렸다. 엄마는 눈물부터 흘렸다. 아빠는 짐짓 아무 말없이 엄마와 나를 외면한 채 벽을 바라보았다.

제안이 있어요.

난 이대로 사는 거 별로예요. 지금 이 상태는 아빠의 인생관과도 다르잖아요? 사는 건지 마는 건지 모르는 어중간한 거 아빠도 딱 질색이잖아요. 소모전 같은 거 그만했으면 좋겠어요. 어른들 일에 끼어들지 말라는 말씀도 마세요. 그럼 엄마 아빠도 제 삶에 끼어들 자격 없어요.

나에 대한 예의가 어떤 건지 이제야 조금은 알 것 같아요. 난타 공연을 기점으로 새로워지고 싶어요.

엄마 아빠도 그랬으면 좋겠어요. 이렇게 남보다 못하게 사는 것보다 차라리 헤어지든가, 아님 두 분이 맞춰 살든가 결정을 내렸으면 좋겠어요. 저는 어느 결정이든 상관없어요. 굳이 함께 살기를 바라지도 않아요. 두 분의 인생을 결정하는 데 저를 변명 거리나 유예 거리로 쓰지 않았으면 좋겠어요.

내일 모레 박물관 특설무대로 오세요. 제 공연을 볼 수 있을 거예요.

단, 결정했다는 사인으로 꽃을 들고 오세요. 각자의 길을 가겠다면 두 분이 각각 한 송이의 장미를, 함께 가겠다면 한 묶음의 장미를 각자 들고 오세요.

뭔가 특별한 일이 벌어질 것만 같은 봄날이다. 난타 공연이 끝나면 내 심정이 어떨지 감히 짐작조차 할 수 없지만, 그 시간은 기다리지 않아도 올 것이다.

예술대학 무용단의 화려한 재즈댄스가 끝났다. 다음이 우리 차

레다. 옷을 갈아입은 뒤 북을 정렬했다. 우리는 예리하게 부리를 벼른 까마귀 떼처럼 까만색 티셔츠에 까만 바지를 입었다. 손에는 노란 북채를 들고.

드디어 우리 차례가 되었다. 교내 강당에서 공연할 때와는 사뭇 달랐다. 내 심장은 비장하게 뛰었다.

정렬이 끝나자 용태가 눈빛으로 준비됐냐고 물었다. 용태가 신호를 보내자 날아다니는 쌍절곤이 마이크를 들고 나타났다.

"안녕하세요? 저희는 도전정보고등학교 난타반 학생들입니다. 낙오됐다고 생각하고 스스로 문제 학생이라고 생각하는 아이들이 모인 실업계 고등학교, 그것도 시골에 있어서 누구 하나 알아주지 않는 학교입니다. 그렇지만 그 학교에서도 꿈이 자란다는 것을, 그 꿈을 위해 자신의 열정을 불태울 수 있다는 것을, 아직 포기하기에는 너무 이르다는 것을 온몸으로 보여주는 아이들이 있습니다. 공연 재미있게 봐 주시구요, 도전정보고등학교가 있다는 것 잊지 마시고 이 아이들에게 용기를 줄 수 있는 큰 박수 보내 주시면 고맙겠습니다."

코끝이 찡했다. 처음에는 드디어 날아다니는 쌍절곤이 미쳤구나, 생각했다. 낙오는 뭐고 문제 학생은 뭐며…… 아주 대대적으로 망신을 주려고 작정했다는 생각이 들었다. 그렇지만 멘트를 들을수록 다 지나간 일이라고 상기시켜 주었다. 그는 처음으로 나를 돌아보게 해 주었다. 목청이 터져라 외친 후, 우리를 향해 뒤돌아서는 날아다니는 쌍절곤의 눈가에 물기가 어리는 것을 보았다.

여기저기서 휘파람 소리와 함께 박수 소리가 터졌다. 자목련나무 아래 양복을 쪽 빼입고 서 있는 교장은 손바닥이 아프도록 박수를 쳤다. 학교 이름이 두 번이나 언급되었으니 오죽 좋으랴. 그 옆에는 미술 샘이 청매화 같은 하얀 원피스를 입고 서 있다. 어제 초대의 뜻으로 작은 카드를 드렸다.

엄마 아빠는 아직 어디에도 보이지 않았다.

딱, 딱, 딱. 용태의 신호 박자와 함께 난타 공연이 시작되었다. 여덟 명의 박자 추임새는 하늘을 찌를 듯 우렁찼으며 난타 소리는 하늘과 땅 사이를 가득 메웠다. 귀밑에서부터 온몸으로 소름이 번졌다. 잎이 패기 시작한 나무들도 북소리의 함성에 부르르 떠는 것 같았다. 연하디 연한 새순들도 북편의 떨림에 맞춰 리듬을 탔다. 연습할 때 귀청이 나갈 것 같아 진저리 친 적은 있지만 이런 느낌은 처음이다. 여태껏 느껴 보지 못한 내 존재의 기꺼움에 가슴이 벅찼다.

드디어 나의 팔자돌리기 시간이 다가왔다. 난타 공연 중간에 북소리에 맞춰 쌍절곤을 돌려야 하기 때문에 주위를 흩트리면 박자를 잃고 만다.

날아다니는 쌍절곤은 손목에 힘을 빼고 부드럽게 돌리라고 속삭였다. 그리고 그분이 오신 것처럼, 쌍절곤과 너만 있다고 생각하며 그 일체감을 즐기라고 했다. 나는 감독의 지시를 받고 링에

오르는 복서가 된 듯 비장하게 나섰다.

내가 팔자돌리기를 마무리할 때, 박수 소리가 쏟아져 들어왔다. 박수 소리에 겨우 쌍절곤과 나를 떼어 놓을 수 있었다. 단 1분이었지만, 그 순간만큼은 먼 곳에 다녀온 느낌이었다. 까만 어둠 속에서 쌍절곤을 돌리는 나만 있었다.

눈을 뜨자 모든 것이 새롭게 보였다. 초록이 움트는 잔디밭도, 막 손가락을 펼치는 새순들도, 그리고 이 무대도. 그제야 나는 관중들을 향해 눈길을 돌렸다.

빨갛게 새순이 돋기 시작한 단풍나무 아래 엄마 아빠가 서 있다. 그런데 엄마 손에는 한 송이 장미꽃이, 아빠 손에는 한 다발의 장미꽃이 들려 있었다.

용태의 태극돌리기에 이어 다시 난타 공연이 시작되었다. 하마터면 나는 용태의 태극돌리기 타임도 잊은 채 북채를 휘두를 뻔했다.

당황스러웠다. 분명 합의해서 사인을 보내 달라고 했다. 결국 끝도 없는 평행선으로 줄다리기를 하겠다는 거다. 재미없다. 절대 꺾지 않겠다 이거지? 그렇다면 나도 계획을 수정할 수밖에 없다. 손에서 자꾸 힘이 빠져나갔다.

"이채원, 정신 차려!"

언제 왔는지 날아다니는 쌍절곤이 내 귀에 대고 윽박질렀다.

나는 재차 북채를 잡은 손에 힘을 주었다. 잘못 본 건지도 모른다는 생각에 다시 엄마 아빠를 찾아보았다. 엄마는 눈물을 찍어 내느라 바빴다. 미안하겠지.

나는 박자를 놓치지 않기 위해 애썼다. 그렇지만 힘이 어딘가로 빨려 들어간 것처럼 열 손가락은 엿가락 늘어지듯 늘어졌다. 단박에 눈치챈 홍랑이가 두 눈을 희번덕거리며 사인을 보내도 빠져나간 힘은 돌아오지 않았다.

다행히 날아다니는 쌍절곤의 불 쇼 타임이 되었다. 용태와 재형이가 박자를 넣었다. 날아다니는 쌍절곤은 불이 타오르는 봉을 돌리기 시작했다. 바람을 탄 불길은 거세게 솟아올랐다. 역시 노련했다. 불 쇼는 완전 동춘서커스단 같은 분위기를 자아냈다. 활활 타오르는 불꽃을 향해 기름을 뿜자 불꽃은 하늘로 솟구쳐 올랐다. 봉을 돌리며 쉴 새 없이 불길을 넘나드는 날아다니는 쌍절곤의 몸은 매끈하고 탄력적이었다. 추측대로 서커스 바닥에서 어슬렁거리다 학교로 온 게 분명했다. 분필 잡는 사람이 어떻게 저렇게 몸에 착 달라붙는 기술을 선보일 수 있는지. 거기다 번지르르한 말발부터 쇼맨십은 또 어떤가. 완전 서커스단 체질이다.

우리와 같은 복장에 빨간 두건을 두른 날아다니는 쌍절곤은 늙다리 학생쯤으로 보였다. 그는 난타반의 아홉 번째 멤버였다.

불 쇼를 마치자 날아다니는 쌍절곤의 얼굴은 땀으로 번들거렸다. 깍듯하게 구십 도로 인사하는 난타 샘의 턱에는 땀방울이 대롱거렸다. 휘파람 소리와 함께 박수갈채가 쏟아졌다. 우리는 북을 두들기며 환호성을 질렀다.

공연이 끝난 후 우리는 무대 앞쪽에 일렬로 섰다. 나는 저절로 단풍나무 아래로 시선이 갔다. 엄마는 손수건으로 얼굴을 가린 채 울고 있다. 한 송이 장미는 어느새 아빠 손에 들려 있다. 한 다발이었다. 아빠가 꽃다발을 치켜들고 흔들었다. 영 낯설어서 민망할 지경이다. 저건 또 뭐지? 어쩌겠다는 거야 대체?

사람들은 앙코르를 외치며 박수를 보냈다. 잔디밭에 쭈그려 앉아 있던 관객들은 자리에서 일어나 기립박수를 쳤다. 교장은 어깨를 들썩이며 연신 박수를 치다 손수건을 꺼내 코까지 풀었다. 저러다 울지 싶었다.

날아다니는 쌍절곤이 허리 숙여 인사하자 우리들도 따라 했다. 고개를 들어 앞산을 보았다. 똑같은 나무는 없었다. 저마다 빛깔이 달랐다. 손가락을 펴기 시작한 태아의 손처럼 바람이 빗질할 때마다 나뭇잎들은 움질거렸다. 새순들은 방금보다 조금 더 펴져 있을 것이다.

나는 잘 지내

"아, 그냥 아무 데서나 먹어!"

나는 기어이 소리를 지르고 말았다. 짜증이 올라와서 도저히 참을 수가 없었다.

베니스까지 와서 맛집을 찾아 해물 튀김을 먹어야 한다니. 산타루치아역 부근은 이 골목이 저 골목 같고 이 길이 저 길 같았다. 역 부근은 물 냄새가 비릿했고, 골목과 골목 사이 빈 곳에는 어김없이 바닷물이 들어차서 찰랑댔다. 마치 거대한 배 위에 탄 것처럼 멀미를 부채질하는 일렁임이 이어졌다.

딸아이 말로는 블로그에 나와 있는 최고의 맛집이라나 뭐라나. 맛있는 건 꼬박꼬박 먹어야 하고, 죽기 전에 가 봐야 하는 곳은 대출을 받아서라도 꼭 가야 한단다. 딸 주연은 알바해서 갚느라 허덕이는 한이 있더라도 욜로(YOLO)란다.

"왜 소리는 지르고 그래? 창피하게."

주연이 주위를 두리번거린 뒤, 길 한옆으로 나를 밀치며 윽박지르듯 말했다. 그런 주연을 내가 위아래로 쏘아보자 곧바로 꼬리 내리는 말투로 말했다.

"힘들어? 발 아파?"

상대방의 비위를 맞춰야 본인이 편하다는 걸 안 주연이 재빨리 모드를 바꾼 것이다.

"길이나 제대로 알아 갖고 오든가, 도대체 같은 자리를 몇 바퀴째 돌고 있는 거야!"

그럼에도 나는 신경질을 누르지 않고 더욱 까칠하게 말했다.

올봄, 주연은 대뜸 유학을 가겠다며 내게 전화를 했다. 그 순간, 마지막 남은 물마저 빠져 버린 바닷가가 된 기분이었다. 차디찬 갯바람만 휘휘 대고, 물이 들어오지 않아 팍팍하게 갈라지는 갯벌 같았다. 통학해도 될 만한 거리를 기어이 기숙사로 들어가겠다며 나간 것도 모자라, 이제 아예 이 땅을 떠나겠다고 선언하는 것이다. 주연은 마치 엄마인 나로부터 멀리 떨어져 나가는 것이 목표인 양 굴었다.

"영화를 볼 수가 없어, 엄마 전화 때문에. 제발 다른 엄마들처럼 그냥 놔두면 안 돼? 내가 어디서 무엇을 하는지, 언제 들어오는지 제발 그만 물어보면 안 돼? 지겨워. 지겹다고!"

나는 그 이후로 주연에게 먼저 전화하지 않았다. 지겹다고 말하는 아이에게 더 이상 무슨 말을 할 수 있을까.

어렸을 때부터 주연은 한번 고집을 피우면 꺾지 않았다. 제가 원하는 것이 관철되도록 길바닥에 드러눕기부터 했다. 차가 오건 말건 노란 중앙선 위로 걸어가 누워 버리곤 했다. 나의 조심스러움에서 비롯된 저에 대한 집착을 주연은 그런 식으로 돌파했다. 스무 살이 되고서는 나와 떨어지는 것이 할 일인 양 집을 나갔다. 유학을 가겠다는 것도 순전히 그런 의도라는 것을 모르지 않는다.

나는 주연에게 가고 싶은 곳이 어디냐고 물었다. 그야말로 말이나 들어 보자는 식으로 그냥 물어본 거였다.

"이태리."

그 말에 한 대 얻어맞은 것처럼 꽂힌 건 나였다. 로마행 비행기 표를 끊어 놓고 죽은 언니 때문이었다. 언니는 오십이 채 되기 전에 죽었다. 자궁암이었다. 자궁암 진단을 받기 전에 생애 최초 유럽 일주를 한다며 좋아라 비행기 표를 예매했지만, 언니는 결국 떠나지 못했다. 항공권을 취소하라는 언니의 말을 나는 끝내 듣지 않았다. 언니 운명에 대한 반항과 거부이기도 했지만, 그것을 취소하면 언니는 영영 일어나지 못할 것 같아서였다. 의사의 말대로 언니는 삼 개월 정도 투병 끝에 죽었다. 영안실에서 염을 하기 전, 나는 언니의 오른손 안에 로마행 비행기 표를 꼬깃꼬깃 접어 넣었다. 언니의 손은 차디차게 굳어 있었다. 최대한 작게 접은 비행기 표를 손가락 사이로 집어넣으며 언니의 귀에 대고 속삭였다. 유럽도 가고 어디든 가, 그 쇠사슬 같은 굴레 벗어던지고 훌훌, 가볍게. 잘 가, 그리고 다시는 이 땅으로 돌아오지 마. 이 티켓은 편도야. 다음번엔 절대 사람으로 아니, 여자로 태어나지 마, 절대로. 싸늘히 식은 언니의 이마에 내 이마를 댔다. 밀랍인형처럼 노랗게 굳은 언니의 눈꺼풀 위로 내 눈물이 떨어졌다. 나는 그렇게 한참 동안 언니에게서 떨어지지 못했다. 장례지도사가 내 어깨를 다독이며 언니로부터 떼어 내어 겨우 염을 마칠 수 있었다. 죽어 누워 있는 언니의 모습은 여전히 예뻤다. 자궁에서 시작돼 온몸으로 퍼진 암세포도 언니의 아름다움을 앗아 가진 못했다.

주연의 입에서 흘러나온 '이태리'라는 말은 마치 그때 언니 손에 쥐여 주었던 로마행 비행기 표가 다시 돌아온 느낌이었다.

"이, 이태리?"

나는 당황하며 되물었다.

"응, 거기 내가 가고 싶은 학교가 있어."

주연은 이미 마음을 굳힌 듯 단호하게 말했다.

"너, 거기가 얼마나 먼 곳인데? 왜, 아주 화성이나 금성으로 간다고 하지!"

나는 기어이 전화통에 대고 소리쳤다. 속이 콱 막혀서 소리치지 않고는 도무지 견딜 수 없을 만큼 숨이 쉬어지지 않았다. 이 아이도 결국 나를 떠나는구나, 나를 떠나는 것이 지상의 숙제인 양 해

치우고 있구나. 눈앞이 아득해졌다. 결국 다 떠나는구나. 내 곁에는 아무도 남아 있지 않다는 공포감이 엄습했다.

"넌 어떻게 그렇게 잔인하니?"

"엄마, 제발 그런 식으로 말하지 마. 그런 말들이 얼마나 내 발목을 잡는지 생각해 봤어? 응?"

되레 주연이 소리쳤다. 내 소리보다 더 커야지만 나를 꺾을 수 있다는 것을 주연은 잘 알고 있다.

가장 최근에는 언니가 죽었고, 그 전에는 어머니가 죽었고, 어머니와 언니의 죽음 사이에 나는 이혼을 했다. 내겐 아무도 남아 있지 않았다. 그래서 더욱 주연에게 집착했다. 어디니? 지금 몇 시인데 아직도 기숙사에 안 들어가고 밖이야? 주연이 기숙사에 입소한 뒤에도 전화로 일상을 일일이 체크했다. 그래야만 어머니와 같은 전철을 밟지 않을 것 같았기 때문이다.

"제발, 그 '어디니?' 좀 안 하면 안 돼?"

기숙사로 들어가고 얼마 되지 않았을 때, 참다 못한 주연이 소리를 고래고래 지르며 '어디니?'라는 말 좀 때려치우라고 했다. 술에 잔뜩 취한 목소리였다.

나는 언니를 관리했던 어머니와 전혀 다르지 않았던 것이다. 언니를 대했던 내 어머니와 똑같은 모습으로 내 딸을 관리했다. 무엇이 무서워서, 무엇이 두려워서. 어머니는 세상으로부터 자식을 지키지 못했다는 자책을 죽을 때까지 했다. 그게 언니를 더 숨 막

히게 했을 것이고, 그것은 그대로 대물림되어 나에게서 주연에게
로 이어졌다.

마지막으로 했던 언니의 말이 떠올랐다.

"너무 울지 마, 너 힘들어. 난 그때 끝났어야 했어. 이만큼 버틴
것도 잘한 거야."

'그때'라는 말에 잠깐 동안 숨이 멎는 것 같았다.

"그나마 지금까지 내가 버틴 건, 엄마 때문이야. 엄마 가슴에 또
못을 박을 순 없잖아."

언니는 엄마가 돌아가시기를 기다린 것처럼 얼마 되지 않아 자
궁암 진단을 받았고, 그 암세포는 순식간에 언니의 몸을 점령했다.

그 말을 들은 나는 울다가 멈칫하며 울음을 삼켰다. 언니가 자
궁암 말기라고 들었을 때보다 더한 절망감이 밀려 왔다. 언니가
'그때'라는 말을 꺼낸 것도 그 사건 이후 처음이었다. 삼십여 년
전의 구질구질한 산동네가 순식간에 머릿속에 잠입해 들어왔다.

그때 나는 중2, 언니는 고1이었다. 언니는 동네에서 소문이 자
자할 정도로 예뻤다. 하얀 교복 상의에 까만 치마를 입고, 구두에
발목 양말을 신고 걸어가는 모습은 마치 한 마리 학 같아 보이기
도 했다. 인근의 남학생들이 언니를 보기 위해 시간 맞춰 집을 나
선다는 얘기도 있었다. 오후 자습을 끝내고 어스름 녘에 돌아오
는 언니 뒤에는 꼭 한두 명의 남학생이 따라붙었다. 어머니는 그

런 언니를 쌍다리가 있는 사거리까지 마중 가곤 했다. 어머니는 허둥지둥 걸음을 재촉하며 뛰어오는 언니의 가방을 받아 들고, 머리 위를 빙빙 도는 솔개로부터 새끼를 지키는 암탉처럼 언니를 등 뒤로 숨긴 뒤, 까만 골목을 향해 냅다 소리쳤다.

"이 씨부랄놈의 새끼들! 어여 가서 밥이나 처먹지, 여기까지 뭣 하러 따라오고 지랄들이야! 당장 안 꺼져, 이 개눔의 새끼들아아!"

어머니의 욕이 섞인 목소리가 골목 안을 찢을 듯이 울리면, 어둑한 골목길에서 후다닥 몇 개의 발소리가 흩어져 사라지곤 했다.

어머니는 알아주는 욕쟁이였다. 그 당시 어머니들 치고 악다구니 없는 사람은 드물었지만 그중에서도 어머니는 제일이라고 손꼽힐 정도였다. 어머니의 하이톤 목소리에 유리 파편 같은 날카로움을 담은 욕은 그야말로 듣는 사람의 등골을 서늘하게 만들었다. 어머니의 그악스러움은 언니를 지켜야 한다고 생각할 때 최고 정점을 찍었다.

어머니가 사나운 개처럼 이빨을 보이며 언니를 지켰어도 사고는 일어났다. 어머니가 그렇게 애지중지하며 지키고자 했던 언니에게.

그 사고의 후유증은 불쑥불쑥 수면 위로 올라와 언니의 앞길을 막았다. 약혼과 파혼, 그리고 몇 번의 자살 시도. 그 사고는 언니 인생에서 늘 진행형인 사건이었다. 죽을 때까지 언니에게 따라붙은 사건이었고, 언니가 죽고 나서는 그 후유증이 내게로 그리고 대를 이어 내 딸에게로 이어져 재현되고 있는 셈이다.

"찾았다."

골목이 시작되는 광장, 포치 아래 작은 가게를 보고 주연이 반색하며 가리켰다.

"저기야, 엄마. 베니스에 오면 꼭 이 해물 튀김을 먹어 봐야 비로소 왔다 간 거라고 했어."

나는 이제 해물 튀김을 찾아 돌아다니지 않아도 된다는 생각에 적잖이 마음이 놓였다. 우리는 곧바로 가게로 들어가 해물 튀김을 주문했다. 하루 종일 얼마나 많이 튀겨냈는지, 튀김옷이 까맣게 절은 빛깔이었다.

"여기는 이렇게 바싹 튀긴다니? 너무 태웠네."

나는 이게 맛집이냐고 따지고 싶은 마음을 누르며 이렇게 에둘러 말했다.

우리는 바다 쪽으로 난 벤치에 앉았다. 맞은편 산타루치아역 광장에는 유럽의 젊은이들이 삼삼오오 계단에 걸터앉아 있다. 그들만이 그곳에 어울리는 것처럼 젊고 자유로워 보였고, 거칠 것이 없어 보였다. 그들은 키스하고 포옹하고 장난치며 하늘을 향해 고개를 쳐든 채 부서지게 웃었다. 산타루치아역에는 유럽의 다른 나라로 가는 열차가 대기 중이다. 기차역은 자유, 그 자체였다. 나는 주연을 바라보았다. 주연도 저 젊은이 중 한 아이와 같을 것이다.

젊고 자유롭고 거칠 것 없는. 그러길 바라는 마음은 간절했지만, 동시에 늘 불안감이 엄습했다. 어딘가로 사라질까 봐, 내가 방심하는 사이에 깨져 버릴까 봐, 평생 서리 맞은 꽃처럼 살다가 얼마 전에 죽은 언니처럼 그렇게 될까 봐.

바다는 지는 해를 받아 그야말로 누런 황금빛이다. 수면은 금방이라도 장난감 모형처럼 생긴 건물을 뒤집어 놓을 것처럼 높아 보였다. 코끝에 물비린내가 떠나지 않았다. 속은 좀처럼 가라앉지 않았다. 나는 지그시 눈을 감았다. 그래야 멀미를 멈출 수 있을 것 같았다.

"엄마, 아름답지 않아?"

"응."

나는 눈을 감은 채 성의 없이 대꾸했다.

여행하는 내내 되도록 서로의 기분을 다치지 않도록 애썼지만 쉽지 않았다. 말을 주고받을 때마다 서로의 속내가 유리병 속처럼 훤히 보였다. 서로가 애쓰고 있다는 것은 알지만 그것은 아주 손쉽게 깨졌다. 서로의 눈치를 보며 참아 보다가도 조금만 엇나가면 아주 쉽게 때려치웠다.

"저기 저 언덕 가 보자."

"가고 싶어? 난 더운데."

"그럼 젤라또 먹을래?"

"아니, 그냥 그늘에서 쉬고 싶어."

"너는 여기까지 와서 꼭 그렇게 피곤한 티를 내야 되겠니?"

"왜 그렇게 화를 내? 아무것도 아닌 것 가지고. 가, 가자고."

"꼭 그 카페 가서 티라미수를 먹어야 하니?"

"그렇게 따지지 말고 그냥 가면 안 돼? 나 하고 싶은 대로 하라며."

"에어컨도 들어오지 않는 열차를 예약하고. 완전 찜통이네."

"나도 그러고 싶어서 그런 거 아니거든. 몰라서 그런 거지."

주연과 나는 여행 내내 이런 식으로 툭툭거렸다.

새끼발가락이 깨질 것처럼 아팠지만 티 내고 싶지 않았다. 주연이 맥주캔을 딴 뒤, 내게 내밀었다.

"가방 속에 이걸 여태 넣어서 갖고 다녔어? 무겁게?"

"응, 이 순간을 위해."

주연은 내 캔을 툭 친 뒤 마셨다. 주연의 목 넘김 소리가 시원하게 들렸다.

"하여간, 술만 늘었어."

"……."

우리는 한동안 말없이 바다만 바라보았다. 부초처럼 떠 있는 맞은편 해협의 성당과 모형 같은 집들이 파도에 몸을 싣고 춤추는 것처럼 보였다.

"고마워, 엄마. 같이 와 줘서."

"무슨 아쉬운 소리를 하려고 또 이리 밑밥을 까셔?"

"이 바다를 보면서 맥주 한 캔 마시고 싶었어. 해물 튀김을 꼭 먹으며."

"소박한데 참 비싸기도 하다. 비행기까지 타고 와서 기름에 절은 튀김을 먹어야 한다니."

"아유, 하여간 뒤끝 작렬이야."

"나만 뒤끝 있는 줄 아냐? 넌 어떻고."

"그럼 유전인가? 우하하하."

"너, 엄마 멕인 거지?"

"하하하."

주연은 통쾌하게 웃어 젖혔다. 그런 뒤 맥주를 홀짝거렸다.

주연과 나 사이에는 개운하지 않은 뭔가가 있어 늘 삐그덕거렸다. 제 아빠와 끝까지 살아내지 못한 원망을 내게 실어 보내는 건지, 아니면 그렇게 해 주지 못했다는 미안함을 내가 주연에게 실어 보내는 건지…… 잘 모르겠다.

석양으로 점점 더 사방이 황금빛으로 물들었다. 일렁이는 물비늘도 그 물비늘에 너울대는 건물 벽도, 하늘도, 주연의 머리칼도 금빛으로 화사했다.

"엄마, 걱정하지 마. 나는 절대로 이모처럼 되지 않아."

주연이 바다를 바라본 채 슬쩍 내 손을 감싸 잡으며 말했다.

"뭐?"

가슴이 툭 내려앉았다.

"이모처럼이라니? 이모처럼 뭐?"

언니를 생각하자 숨이 거칠게 올라왔다. 어머니와 언니가 그날 밤 일을 한 번도 내게 말하지 않았기에 나도 주연에게 이모 얘기를 한 적이 없다. 이모는 왜 혼자 살아? 왜 아기가 없어? 주연이 어렸을 때부터 물었던 질문에 제대로 답한 적이 없다. 그냥, 이모가 그러고 싶대, 하고 얼버무리기 바빴다.

주연은 내가 당황하건 말건 하고 싶은 말을 제 호흡대로 했다.

"이모가 엄마 걱정 많이 했어."

"뭐? 이모가, 내 걱정을?"

"응, 이모는 씩씩한 내가 좋대."

"죽어 가는 사람이 살아 있는 사람 걱정을 왜 해?"

"엄마는 겁이 너무 많아서 탈이래. 그렇게 만든 건 이모라면서, 이모가 미안해했어."

"느이 이모 진짜 별꼴이다. 왜 자기가 미안한 일이야 그게, 응? 그게 자기가 미안해할 일이야?"

나는 또 소리를 지르고 말았다. 내 목소리가 하늘에 닿을 수 있다면, 그 먼 곳까지 닿을 수만 있다면 하늘에 닿기를 바라는 마음으로. 언니 제발, 그만해. 이제 그만 미안해해. 왜 그게 언니가 미안해할 일이냐고 따져 묻고 싶었다. 눈물이 났다. 언니를 보낸 뒤, 몇 번 나지 않던 눈물이 옴팡지게 쏟아지는 느낌이다.

주연이 내 등 뒤에 손을 올린 뒤 토닥거렸다. 주연은 이제 아이가 아니었다. 이제껏 아이처럼 징징대는 사람은 나였다.

"살아 있는 것이, 살아 내는 것이, 버티는 것이 무섭지 죽는 건 무섭지 않다고, 너무 편안하다고 했어. 그래서 혼자 남게 될 엄마를 누구보다 걱정했어. 이모가 나한테 엄마를 잘 부탁한대."

"뭐라고? 참나."

"너무 슬퍼하지 말래."

나는 기어이 꺽꺽거리며 울었다. 삼십여 년 전, 그날 밤 이후 쉬쉬하며 묻어 두었던 언니에 대한 슬픔이 봇물 터지듯 나오는 것 같았다. 결국 슬픔도 내 서러움이었다. 그런 언니를 지켜봐야 했던 힘듦과 설움의 덩어리. 인간은 끝까지 이기적일 수밖에 없는 모양이다. 내가 주연에게 여행 내내 툴툴거린 것도 결국 내 문제였던 것처럼.

"엄마."

주연이 나를 나직이 부르며 감싸 안았다. 나는 주체할 수 없는 울음을 감추느라 주연의 어깨를 꼭 안았다. 작고 가냘프고 여린 어깨였다. 나는 그 어깨에 얼굴을 묻었다.

울음을 그치고 주연과 나는 바다를 바라보았다. 하늘을 찌를 듯 솟구친 곤돌라 뱃머리 위에 곡예 부리듯 균형을 잡으려 애쓰는 사공이 서 있다. 파도의 일렁임에 맞춰 발을 구르며 사공이 노래를 불렀다. 노래가 침묵 사이로 파고들었다.

"튀김 더 식으면 맛없어. 엄마한테 얼마나 구박을 받으며 획득

한 전리품인데."

주연이 해물 튀김이 든 봉투를 내밀며 먹으라고 권했다. 튀김은 그런대로 먹을 만했다. 튀김옷을 과하게 입히지 않아 각종 해물 그대로의 씹는 맛이 났다. 뒤이어 마신 맥주의 탄산이 목을 타고 전신을 깨우듯 시원하게 퍼져 나갔다.

사실 주연의 학교 방문은 핑계였고 여행이 목적이라는 것은 진즉에 눈치챘다. 내일 학교 방문을 마지막으로 여행 일정은 끝난다. 로마로 입국하고 베니스에서 출국하는 열흘 간의 일정은 주연이 짰다. 처음부터 자기가 알아서 하겠다고 다 맡기라고 했다. 주연이 하자는 대로 하기로 약속했지만, 24시간 내내 붙어 있는 건 쉽지 않은 일이었다.

"내일이면 학교 방문이네. 너 정말 이 학교 갈 거야? 이 먼 데로?"

경유 시간까지 합치면 근 20시간 이상 걸리는 거리였다. 거기다 학교까지는 잠도 자지 않고 꼬박 하루를 써야 했다. 비행시간을 생각하자 폐소공포증 발작이라도 일어난 것처럼 갑갑증이 밀려왔다. 열흘 동안 혀끝에 맴돌며 불쑥불쑥 묻고 싶었지만 참았던 말이기도 했다.

"일단, 내일 학교 가 보고."

주연은 맥주를 마시며 말했다.

"이모 말이야. 대체 이모에게 무슨 일이 있었던 거야?"

그간 주연이 정식으로 묻지 않은 말이었고, 나 또한 주연에게 하고 싶지 않은 말이었다. 어머니가 끝내 그날 밤 언니에게 생긴 일을 세상 밖으로 내놓지 않은 것처럼 나도 암묵적 약속인 양 따라야 한다고 생각했다.

"……."

"말하지 않고 묻어 두어서 이모 인생이 나아진 게 뭐 있어?"

"뭐?"

나는 또 허를 찔린 듯 비명 같은 소리로 대꾸했다. 반면 주연은 다 알고 있다는 듯 담담한 어조로 말했다.

"할머니도 엄마도 잘못 생각한 거야."

주연이 단호하게 말했다.

"네가 뭘 안다고 그렇게 말해?"

가까운 사람끼리, 특히 가족끼리는 본질을 건드리는 말은 피하고 싶어 한다. 안 그래도 늘 바닥을 보고, 보여주는 관계인데 더 깊은 바닥까지 들여다본들 득이 될 게 없기 때문이다. 쑥스럽고 민망함만 남아 더욱 관계를 불편하게 만들 뿐이다.

"엄마가 할머니한테 '네까짓 게 뭘 안다고 아는 척해?'라는 말을 들으면 기분이 어떨 것 같아?"

주연은 정확히 가격 지점을 찾아 공격했다. 나는 신음조차 내지 못하고 쓰러지는 패자였다.

"엄마가 나한테 그러는 거 지나친 피해의식 같은 거 아니야?"

눈앞에 불이 번쩍하고 일었다. 현기증이 나며 어찔했다.

"지나친 피해의식? 엄마가 너를 걱정하는 게 피해의식 같니?"

나는 거친 숨소리를 담아 되물었다. 입 밖으로 꺼내지 않았을 뿐 주연이 다 알고 있다는 생각이 들자 숨이 턱 막혔다. 주연은 대꾸 없이 맥주캔을 찌그러트렸다. 둘 다 말을 잇지 않았다. 숨소리가 일일이 체크될 정도로 서로의 신경이 팽팽히 맞섰다.

결국 번번이 한 대 맞고 뻗는 건 나였다. 주연의 어퍼컷은 그만큼 인정사정없다.

"말했다고 한들 뭐가 달라졌을까."

내가 한 김 뺀 목소리로 말했다.

"그건 그다음의 일이야."

주연은 기다렸다는 듯 득달같이 대꾸했다.

"그래, 똑똑하셔. 넌 무슨 말이 행간도 없냐? 나이 든 엄마 정신도 못 차리게."

말하지 않는다고 해서 언니에게서 끝난 문제가 아니라는 것도, 결국 그건 나와 나의 딸에게 이어지는 문제라는 것도, 그리고 살아 있어도 살아 있는 게 아닌 것처럼 살았던 언니를 두 번 죽인 일이라는 것도 너무나 잘 알고 있다. 그렇지만 그 일을 입 밖으로 꺼내는 건 내게 또 다른 고통이었다. 그래서 어머니도 죽을 때까지 피하고 싶었던 걸지도 모른다.

그해 여름은 유난히 비가 많이 내렸다. 골목의 보도블록 사이에서는 손가락만 한 지렁이가 꿈틀대며 나왔고, 포장되지 않은 큰길은 흙 때문에 발이 쑥쑥 빠졌다. 논바닥이 도로로 편입된 곳에서는 시꺼먼 진흙이 올라왔다. 일주일째 비가 퍼붓던 날, 그날 따라 유난히 천둥과 번개가 잦았고, 가끔은 하늘이 찢어지는 소리를 내며 가까운 곳에 벼락이 떨어지곤 했다. 빨갛게 달구어진 쇳덩어리가 하늘로부터 떨어지는 것이 벼락이라는 것을 그때 처음 알았다.

그날 저녁 언니는 제시간에 돌아오지 않았다. 어머니는 언니를 마중하기 위해 벼락이 치는 것도 아랑곳하지 않고 우산을 챙겨 집을 나섰다. 쌍다리가 있는 사거리와 그 아래 백광세탁소, 신광이발소를 지나 삼양석유와 신흥제분소가 있는 큰길까지 나섰지만, 언니는 보이지 않았다고 했다.

언니를 만나지 못하고 흠씬 젖은 채로 돌아오던 어머니가 집 앞에 썩은 감나무처럼 쓰러져 있는 언니를 발견한 건 칠흑같이 어두운 밤이었다. 비는 지겹게도 퍼부었고, 어머니와 언니는 서로를 부둥켜안은 채 울기만 했다. 하늘에 대고 욕이라도 퍼부을 것 같은 어머니의 분노가 느껴졌지만, 온몸을 부들부들 떨면서도 입밖으로 어떤 소리도 내지 않았다. 그날 이후 언니는 몇 날 며칠을 앓아누웠다. 식은땀과 헛소리가 이어졌다. 어느 순간은 악몽을 꾸는 듯 소리치기도 했다. 내가 깨우느라 몸에 손을 대면 언니는 소스라치듯 놀라 이불로 제 몸을 뚤뚤 감쌌다. 그즈음, 언니는 거의

제정신이 아닌 것 같았으며 누구와도 눈을 맞추려 하지 않았다.

그날 밤 학교를 마치고 돌아오던 언니에게 무슨 일이 일어난 건지 나도 정확히 알지 못한다. 다만 어머니와 언니의 태도와 간간이 들리던 언니를 다그치는 어머니의 목소리 너머로 유추할 뿐이다.

"누구였니?"

"모르는 얼굴이었어."

"이 동네 놈은 아니었니?"

"완전 어두웠고 제분소 창고에는 불이 들어오지 않았어."

"씹어 먹어도 션찮을 노무 새끼. 내가 누군지만 알면 당장 요절을 낼 거다."

늦은 밤, 언니와 어머니는 목소리를 낮추며 얘기를 주고받았다.

"아무한테도 얘기하지 말아라. 행여 입 밖으로 나면 넌 끝난다."

"……."

"왜 대답이 없니?"

"알아요."

언니가 이불을 머리끝까지 뒤집어쓰자 그제야 어머니는 말을 멈췄다. 나는 숨도 쉬지 않고 뒤척임을 누르며 두 사람의 말에 귀를 기울였다.

"생리는 언제 했니?"

"이번 달엔 아직."

118

"예정일이 언젠데?"

"불규칙적이라 몰라요."

"갈기갈기 찢어 죽일 놈의 새끼. 내가 죽어 원혼이 돼서라도 되 갚음은 꼭 할 거다."

어머니는 이를 뿌득뿌득 갈았다.

"……."

"절대 입 밖으로 꺼내서는 안 된다. 네 동생한테도 절대 말하지 말아라. 알았지?"

"……."

하지만 소문은 아주 빨랐다. 밀림의 식물처럼 삽시간에 괴이하게 자라났다. 아무도 입 밖으로 내지 않아도 저절로 부풀려지고 만들어져 돌아다녔다. 말은 살아 있었다. 언니가 몰래 숨어 아기를 낳았다는 소문까지 돌았으니까.

그 소문은 꼿꼿했던 어머니의 자존감에 무수한 스크래치를 냈고, 그곳에서 도저히 버틸 수 없게 만들었다. 어머니는 이삿짐을 꾸렸고 우리는 곧바로 그 구질구질했던 산동네를 떠났다. 그곳을 떠난다고 해서 없었던 일이 되는 것이 아님을 깨달은 어머니는 언니의 삶을 보며 처절하게 되뇌었다. 그놈을 끝까지 잡아내서 요절을 냈어야 했다고, 그곳을 그렇게 쉽게 떠나는 게 아니었다고. 어떤 썩어 뒈질 놈만 속 편하게 놔준 거라고. 거기서 어떻게든 버텨냈어야 했다고. 사람들이 뱉은 말이 얼마나 고약스러운 건지 되돌려 줬어야 했다고. 언니에게 생사를 가르는 일이 일어날 때마다 어머니는 무수한 말을 그렇게 쏟아 내었다.

내 말이 끝나자 주연이 따지듯 물었다.
"이모 잘못이 아니잖아. 그냥 사고 같은 거 아니야? 교통사고 같은."
나는 아무 대답도 하지 못했다. 그때는 그랬다고. 지금도 그렇지 않다고는 말할 수 없다고. 그렇게 크게 변하지는 않은 것 같다고 말하고 싶었지만 하지 않았다. 그래서 네가 더 불안하다고, 말하지 않았다.
숙소로 돌아가기 위해 수상 택시를 탔다. 저녁 시간이라 자리가 없었다. 주연과 나는 뱃머리 쪽 갑판에서 바다를 바라보며 섰다.
"네 전공은 성형으로 만드는 거잖아. 그런데 내일 가 보는 학교는 해체하는 작업 아니야?"
내일이면 베니스를 떠나 모자이크 학교가 있는 프리울리로 향한다.
"그, 글치."
주연이 정곡을 찔린 거처럼 허둥대며 말했다.
"이주연, 너 꼭 럭비공처럼 나대는 거 같지 않니?"
섬유학을 전공하다가 어느 날 울며불며 전화해 전통 도자를 해야겠다고, 엄마, 나를 위해 1년만 더 고생해 줄 수 없냐고 묻던 게 생각났다.

"엄마, 나 요즘 잠이 안 와. 내 미래가 너무 불안해서. 몇 날 며칠 생각했는데 이건 아니라는 생각이 들어. 하고 싶지도 않고 미래도 안 보여. 이걸 하지 않으면 영영 후회할 거 같아. 전공 바꾸고 싶어."

나는 번번이 주연에게 졌다. 주연이 입 밖으로 말을 꺼냈다는 건 이미 결심이 섰다는 거고, 이제 행동만 남았다는 뜻이다. 나는 결국 그렇게 하라고 했다. 이제 내가 할 수 있는 말은 아주 제한적이라는 생각이 들었다. 그게 머리 큰 자식 앞에서의 부모일 것이다.

"난 너무 해 보고 싶은 게 많아."

주연이 바다를 바라보며 무심히 말했다.

"싫증을 너무 쉽게 내는 건 아니고?"

"하여간 우리 엄마, 말 끊는 데는 천재야. 싫증? 그럴지도 모르지."

"……."

나는 바다를 바라보다 무연히 말했다.

"뭐가 됐든 해 봐. 그러다 보면 길이 보이겠지."

주연이 놀란 눈으로 내 얼굴을 뚫어지게 보았지만 나는 모른 척했다. 물비린내는 여전했고, 해가 기울자 바다의 일렁임은 더 거칠어졌다.

언니가 떠나기 전, 내 손에 쥐여 주었던 쪽지는 내 지갑 속에 있다. 그 쪽지 안에는 살아생전 언니가 끼고 있던 실반지가 들어 있다. 그때 나누었던 언니의 목소리가 지금도 생생하다.

"제발 그 어설픈 위로 좀 그만두면 안 되겠니? 네 위로의 말을 들을 때마다 암세포가 더 늘어나는 것만 같아. 그것도 아주 삽시간에. 그러니까 그만둬."

"왜 그래? 그나마 있는 정마저 떼고 싶어서 그래? 그렇게 악의적으로 말하지 않아도 돼."

"됐어. 그만해."

언니는 그 말을 하고 벽을 향해 돌아누웠다. 죽음은 언니 몫이니 가까이 오지 말라고, 내게 싸늘히 차단막을 치는 것 같았다.

"가."

언니가 벽을 향한 채 차갑게 말했다. 그런 언니가 야속해 병실 문을 밀고 나서려는데, 등 뒤에서 언니의 목소리가 들렸다. 언니를 돌아봤을 때, 뼈만 앙상히 남은 손아귀에서 하얀 종이쪽지가 파들거렸다.

"이거, 주연이 거야. 주연이 몫으로 줘."

"이게 뭐야?"

쪽지에는 은행 계좌와 비밀번호가 적혀 있었다.

"주연이 하고 싶다는 대로 줘. 그때 써."

나는 쪽지 안 언니의 실반지를 꺼내 바다로 던졌다. 반지는 포

물선을 그리며 아주 짧은 순간 반짝하더니 이내 수면 아래로 사라졌다. 언니의 반지가 지중해의 푸른 바닷속을 유영하듯 자유롭게 떠다니길 빌었다.

기차를 타고 버스로 갈아탄 뒤, 다시 택시로 모자이크 학교에 도착했다. 견학 신청을 미리 해 놓았기 때문에 안내자가 나와 있다. 시골에 위치한 아주 조용한 마을이다. 오래된 성곽이 남아 있고, 그 성곽 안에 족히 몇백 년은 돼 보이는 건물이 있다. 지나다니는 사람도 없고 마치 박제된 고대의 성안에 들어와 있는 느낌이 들었다. 안내자는 유학생이 대부분이라서 방학을 맞아 각 나라로 돌아갔으며, 몇몇 학생들은 계절학기로 남아 있다고 했다. 학교 안에는 오색 창연한 모자이크 작품이 전시되어 있다. 학생들이 교실 안에서 망치로 돌을 깨는 모습이 보였다. 그렇게 깨진 돌조각들을 이어 붙여 붓 터치 같은 그림을 탄생시키는 작업이 모자이크다. 수많은 돌조각의 색채와 명도, 조도와 모양과 씨름하며 조각들을 맞춰야 하는 분야다.

주연은 말없이 벽에 걸려 있는 작품들을 보거나 학생들이 실습하는 교실로 들어가 그들에게 말을 붙이기도 했다.

주연은 지금 무슨 생각을 하고 있는 것일까. 그리고 어떤 결정을 내릴까. 나는 주연의 발길을 따라 걷고 시선을 따라 눈길을 주며 뒤따를 뿐이다.

학사 일정과 기숙사 등 학교 측의 자세한 안내를 듣고 교정을 걸어 나왔다. 직업 전문학교인데 우리나라에서 학점으로 인정해 준다는 게 좀 수긍이 가지 않는다고 주연은 꼼꼼히 따졌다. 나름 알아본 게 많은 듯 이것저것을 물었다.

학교를 다녀온 뒤, 주연은 아무 말도 하지 않았다. 생각은 많아 보였고, 좀 지친 듯한 얼굴이었다. 주연과 나는 말없이 가방을 싼 뒤 공항으로 향했다.

수속을 끝내고 인천행 비행기를 타기 위해 대기 중이다.

"가고 싶으면 가."

나는 주연에게 무심히 말했다.

"갑자기?"

"왜 암말도 없어. 견학했으면 의견을 말해야지."

"모르겠어. 좀 생각이 많아지네. 엄마 어제 봤던 그 기숙사에 벌레 기어 다니는 거 봤지?"

"겨우 벌레 때문에 결심이 달라지니?"

"그건 아니고, 아무튼 좀 시간을 갖고 생각해 봐야겠어."

그 많은 생각 중 제 엄마에 대한 것은 있으려나? 제가 태어난 곳을 끊임없이 부정하며 새로운 세계를 만들어 가는 것이 자식이라는 것을 알면서도 인정하고 싶지 않았는데……. 더 이상 구걸하지 않을 거다. 그것조차도 발목을 잡는 거라고 했으니.

"의외네. 엄마가 이렇게 빨리 설득되리라고는 생각 안 했는데."

"너야말로 뒤끝 작렬이다."

"우하하하, 왜 생각이 달라졌어? 이역만리 어쩌고 하더니."

"나도 날개 좀 달아 보려고 한다. 왜? 너만 자유 좋아하는 것 같냐? 엄마도 자유다."

"올~."

구름 한 점 없는 푸른 하늘 아래, 물살을 날렵하게 가로지르는 돌고래처럼 생긴 파란 비행기가 활주로를 달려 날아오른다. 저 많은 비행기는 각자의 나라로 기수를 돌리며 가붓하게 대기의 바람을 탈 것이다.

언니의 반지는 지금 지중해 어디쯤 떠다니고 있을까. 나는 바닷속 같은 푸른 하늘을 올려다보며 물었다.

"언니, 잘 지내지?"

중독

1. 물난리

인해는 모으는 걸 좋아했다. 시작은 꽃 그림이 프린트 된 면 손수건이었다. 돈도 크게 들지 않았고 수집한 것이 공간을 차지하지도 않았다. 촌스러울 정도로 알록달록한 꽃무늬 면 손수건을 한 장씩 사 모은 뒤, 차곡차곡 책상 위에 쌓아 놓고 바라보는 일은 뭔가 잘 정리된 듯한, 그리고 뭔가를 하면 저렇게 눈에 보이게 높이가 올라가고 부피가 늘어날 거란 생각이 들어서 좋았다. 인해의 친구들도 여행이나 쇼핑을 하다가 특이한 디자인이 보이면 부담 없이 사다 주곤 했다. 민무늬 하얀 도자기 접시 위에 손수건을 쌓아 놓고 보는 일은 경건하기까지 했다.

그다음엔 수를 놓은 손수건을 모았다. 프린트 된 손수건보다는 좀 비쌌다. 손으로 한 땀 한 땀 수놓은 것을 구하려면 특정 지역을 가야만 했다. 주로 번화가보다는 문화재로 지정된 주택가 골목의 작은 점포나 축제 공예마당에서 구할 수 있었다. 프린트 된 손수건보다 모으는 속도는 느렸지만 재미의 밀도는 더 깊고 좋았다.

수놓은 손수건을 구하다가 눈에 띈 것이 베개 마구리였다. 화려하게 수를 놓은 전통 베개를 막던 마구리가 뜯겨 나와 골동품 시장에 돌아다녔다. 손수건보다 더 비싸고 구하기가 쉽지 않았다. 그것 또한 민무늬 하얀 접시 위에 쌓아 두었는데, 어떤 것에서는 퀴퀴한 냄새가 지독했다. 탈취제를 써도 시간의 더께를 아예 없애지는 못했다.

마로니에 꽃이 하얀 탑을 쌓듯 피어 올라가던 어느 봄날, 인해는 전화 한 통을 받았다. 베개 마구리 때문이었다. 모 대학교의 전통섬유 교수라는 상대는 수집품 중에 구한말 조선왕실에서 쓰던 마구리가 있을 거라고 다짜고짜 말했다. 인해는 모르겠다고 하며 그냥 다 같은 마구리라고 했다. 교수는 비웃는 건지 가소롭다는 건지 모를 웃음을 흘리며 구입처를 일일이 물었다.

"혹시 인사동 골동품점에서 구한 것도 있지 않나요?"

"네, 아마도요."

"베개 마구리를 수집할 정도면 수집에 대한 기록도 좀 남겨 놓지 않았을까요?"

"아니요, 그런 거 없어요. 그냥 예뻐서 모으는 것뿐이에요."

"아, 그래요? 수집한 것 좀 볼 수 있을까요?"

"네, 뭐, 좋으실 대로요."

인해는 교수와 만날 시간을 정했다.

인해는 수집벽이 있는 정도는 아니다. 병적인 집착을 한다거나 수집 물품을 모아 어쩌려는 마음도 없다. 그냥 바라보는 것만으로 좋았다. 무늬가 다른 것들이 한 켜 한 켜 쌓이는 것을 보는 것, 그게 다였다. 교수가 다짜고짜 시비조로 이렇게 저렇게 해야 하는 거 아닌가요? 하는 식의 화법은 인해에게 아무런 영향을 주지 못했다.

베개 마구리를 내놓자 교수의 얼굴은 벌과 나비, 꽃 자수보다 더 화려하게 펴졌다. 마구리를 보기 전과 후의 얼굴이 너무 달라서 당황스러울 정도였다. 교수는 두 손을 모아 입을 가린 채 연신 감탄사를 늘어놓았다.

"어머, 어머 세상에, 세상에 이렇게 예쁜 아기들이……."

아기들이, 라고 할 때는 감격에 겨워 울먹이기까지 했다. 교수는 마구리를 내놓고 있는 인해의 손을 덥석 잡았다.

"세상에 이렇게 고마운 손이 있나."

"혹시, 제가 수놓은 거라고 생각하는 건 아니죠?"

"호호호, 아무렴요. 이런 거에 관심을 갖는 젊은 아가씨가 있다니, 너무 반가워서요."

교수는 마구리 중 왕실이나 사대부 집에서 썼을 법한 것을 골라 나열하며 설명했다. 황금색 실이 들어간 용과 주작, 벌과 나비, 꽃 모양 속에 상징성이 있다는 것이다. 인해는 아, 하고 짧고 가는 감탄사를 냈을 뿐 별다른 반응을 보이지 않았다.

그 주 일요일 오후, 교수의 집에 초대되어 저녁 식사를 하게 되었다. 지난번 첫 대면 때, 인해가 사대부 집의 것과 왕실에서 썼을 법한 마구리를 교수에게 선뜻 내주었기 때문이다.

"전 교수님만큼 의미를 지니고 모은 건 아니니까요. 필요하신 분한테 가는 게 맞지요."

교수는 값을 지불하겠다고 했지만, 값어치로 구입한 것이 아니니 개의치 말라고 극구 사양했다. 그러자 교수는 마구리를 처음 봤을 때의 표정보다 더 감동받은 눈빛으로 인해의 손을 잡았다. 저녁 식사 초대 역시 거절했지만 교수는 자기를 그렇게 염치없는 사람으로 만들지 말라며 응해 달라고 당부했다.

교수의 집은 전망이 좋은 고급 주택가였다. 갖가지 수석과 분재 화분이 즐비한 정원을 지나 집안으로 들어섰을 때, 정원보다 더 말쑥하게 차려입은 남자가 문을 열어 주었다. 교수의 아들이었다.

정갈한 밥상이 하얀 면포에 수놓인 자수처럼 차려져 있었다. 인해는 조용히 밥을 먹었다. 교수의 호들갑도 아들의 느긋한 눈길도 그다지 인해를 동하게 만들진 않았다.

인해는 교수의 아들과 결혼했다. 치과 전공의인 그가 인해에게 끌린 이유는 딱 하나였다. 이제껏 만나던 여자들과는 다르다는 것. 그를 보고도 인해는 심드렁한 표정이었으며, 그다지 관심 없는 듯한 모습으로 일관되게 저녁 식사를 마쳤다. 교수의 성화로 번호를 주고받았지만 인해에게서 전화는 오지 않았다. 그의 전공과 집안을 보고 줄을 대는 마담뚜와 따르는 여자들이 많았지만, 인해와 같은 태도는 처음이었다. 처음엔 '어라, 이것 봐라' 하는 마음이었는데 보면 볼수록 캐고 싶은 구석이 많은 여자였다.

인해는 결혼 후에도 수집하는 걸 쉬지 않았다. 점점 부피가 큰 것들이 눈에 들어오기 시작했다. 그렇다고 해서 값나가는 것들은 아니었다. 인해의 남편도, 시어머니인 교수도 인해의 수집품에 그다지 신경 쓰지 않았다. 생활에 불편을 끼치거나 수집하는 것으로 주위 사람들을 신경 쓰게 하는 일은 없었다. 누누이 얘기하지만 인해는 수집벽이 있는 사람은 아니다. 인해에게 수집품이란 똑같은 일상에 무늬가 다른 점을 찍고 가는 정도라면 맞을 것이다.

인해는 아들아이 둘을 연년생으로 낳았다. 수집품을 정리하듯 정연하고 반듯하게 키웠다. 그러는 동안에 조선 말 백자인 해주도자기를 모으기 시작했고, 뒤이어 각 지방마다 특색이 있는 소반을 모았다. 인해의 시어머니 정 교수는 이따금 인해에게 지원을 요청했다. 정 교수는 전시 디스플레이용으로 소반이나 도자기 등 필요한 소품을 가져다 쓰곤 했는데, 인해는 잘 어울릴 만한 걸 권했고 인해의 안목은 전시 때마다 빛났다. 전시가 끝나도 수집품을 회수하려고 한다거나 수집품이 어떻게 될까 봐 애면글면하지 않았다. 교수는 그런 인해를 또 높이 샀다. 바다와 같이 넓은 아량이 있는 아이라고. 사람 보는 눈은 내가 정확하다고 아주 흡족한 눈으로 며느리를 바라보았다.

　어느새 수집품을 보관하기에 공간의 한계가 왔다. 인해는 집을 샀다. 야트막한 언덕의 시골집을 개조해서 그곳에 수집품을 정리했다. 작은 다락방을 만들어 소반을 올리고, 구석구석에 도자기장을 만들어 해주도자기를 진열했다. 모퉁이마다 조각보와 각종 손수건, 베개 마구리를 정갈하게 쌓았다. 한눈에 봐도 시간의 더께가 켜켜이 쌓인 수집품이었다. 가끔 그 방에 누워 지붕 창을 통해 밤하늘의 별을 헤아리곤 했다. 인해의 방에는 이제 밤하늘의 별보다 더 많은 수집품이 있다. 헤아릴 수도 없었고, 굳이 헤아리려고도 하지 않았다. 눈이 가는 순간의 기쁨을 만끽했고, 정갈하게 개키듯 정리하여 보는 재미, 그게 다였다.
　수집품의 공통점은 시간의 과도기를 넘는 민가의 생활용품이라는 것이다. 새로운 물건이 하루하루가 다르게 생산되는 시대에 예전 것들은 빠른 속도로 사라졌다. 어떻게 보면 인해는 시간을 붙잡고 싶었는지도 모른다. 화로나 요강, 주물난로도 수집했고, 고가구인 화초장 같은 것도 사들였다. 점점 늘어나는 수집품을 쌓아 놓기에 언덕 위의 집도 비좁아졌다.

　인해는 좀 더 크게 갤러리를 짓기로 했다. 땅을 보러 다니기 시
작했다. 넓은 강이 앞에 있어 전망이 탁 트이면 좋겠고, 지나다니
는 사람들의 눈길이 자연스럽게 닿을 수 있는 곳, 베개 마구리에
서 가끔 볼 수 있는 풍경 같은 곳이라면 더없이 좋겠다는 생각을
했다.

　그곳은 물길이 바다에 닿지 않아 강이라는 이름을 얻지 못했
다. 금강으로 흘러드는 지류이기 때문에 이름이 무릉천이라고 했
다. 넓은 무릉천이 휘돌아 나가고 뒤에는 병풍 같은 산이 펼쳐진
땅이 눈에 들어왔다. 물길을 따라 휘어진 도로를 달리다 보면 자
연스럽게 사람들의 시선이 닿았으며, 널따란 하천 넘어 펼쳐진 들
판이 시원하게 트인 곳이었다.

　인해는 터를 다지고 갤러리를 지었다. 오랫동안 공을 들였다. 아
기를 품고 배 속에서 기를 때처럼 무릉을 향한 발걸음이 잦았다.
봄이 막 시작될 무렵, 무릉천에는 담채화 같은 풍경이 펼쳐졌다.
시간이 지날수록 색이 덧입혀지자 몽환적일 정도로 아름다웠다.
수양버들은 연둣빛 머리칼을 늘어뜨린 채 하늘거리고 산복숭아
꽃은 어찌나 붉던지, 이곳의 지명이 왜 무릉도원의 무릉인지 알 것
같았다. 고가구 생활용품이 자연스럽게 집안에 스며들고, 사람도
그 안에 머무를 때 흘러들어 오는 물길을 바라볼 수 있고, 저 멀리
먹물이 번지는 것 같은 산빛이 이내에 싸여 흔들리고, 뒤에는 집

을 품어주는 든든한 산이 있는 곳이었다.

반면 인해의 남편은 조금씩 불평을 늘어놓기 시작했다. 인해가 무릉리에 머무는 시간이 길어질수록 불평의 강도는 거세졌다. 하루 종일 구린내 나는 환자들의 입안을 들여다보며 보낸 시간이 허접한 물건들로 대체되는 것을 보자 좀 억울한 생각이 들던 차였다.

인해는 수집품을 옮기고 배치하며 여름을 맞이했다. 무릉천은 푸르러졌고, 무릉리의 산빛은 더욱 짙어졌다. 인해의 집은 지나가는 사람들의 시선을 끌기에 충분했고, 마치 카페 같기도 갤러리 같기도 한 건물의 세련됨에 이끌려 들어왔다가 인해의 수집품을 보고 혀를 내둘렀다. 인해의 얼굴에는 뿌듯함이 고였다.

갤러리 지하에는 해주도자기로 빼곡하게 벽을 둘러 장식했다. 방이 하얀 목화송이가 벌어진 것처럼 화사했다. 1층 벽에는 종잇장처럼 얇은 접시를 켜켜이 쌓았다. 접시가 몇 개나 되는지 인해는 모른다. 셀 수 없을 만큼이라는 말이 맞을 것이다. 1층 복도의 선반에 켜켜이 쌓아 그곳을 가득 채우고도 남을 만큼의 양이었다. 2층에는 지방별 특색이 묻어나는 소반을 진열했다. 까맣게 도열해 있는 소반의 다리는 이 집을 지키는 수문장처럼 보였다.

고가구도 안방마님처럼 한자리씩 차지하며 공간의 허한 곳을 눌러 주었다. 고가구 위에는 면 보자기를 씌워 놓듯 손수건을 정갈히 개켜 쌓아 놓았으며 수십 장의 베개 마구리도 가지런하게 올려놓았다.

인해는 갤러리를 거닐며 자신이 모은 수집품마다 말을 걸었다. 포도 문양이 탐스럽게 그려진 해주도자기를 보면서 풍만함을 즐겼고, 우아한 충주 소반을 보며 감탄하고, 잘 빠진 통영반과 점잖은 나주 소반을 구할 때의 일을 떠올리며 그들 각각의 사연을 상기했다.

손때 묻은 고가구를 만지면 마치 시간 속에 겹쳐진 사연이 고스란히 전이되는 듯한 느낌을 받곤 했다. 인해는 그냥 그런 느낌이 좋았다. 논리적으로 설명할 수 없는 어떤 것. 누군가 무엇을 위해서 그렇게 모으냐고 물으면 '그냥'이라고 답할 수밖에 없다. 굳이 온갖 것을 가져다가 포장하거나 의미화하고 싶지 않았다. 그냥도 이유라면 이유이지 않을까 싶었다.

무릉리의 수집품을 둘러보는 날이 길어지자 어렴풋하게나마 달라진 것이 있다는 걸 알게 되었다. 인해 안의 구멍이었다. 가슴이 꽉 차올라 비로소 구멍이 채워지는 듯한 느낌이라고 해야 할까.

사람들은 갤러리 주변의 풍경에 압도당하고 그 안의 수집품을 보며 감탄사를 연발했다. 몇 번 잡지사에서 찾아와 갤러리를 사진으로 담아가기도 했다.

집을 짓는 내내 날이 좋아서 공사 기간이 짧았던 반면, 갤러리 앞 물길은 실뱀처럼 가늘어졌다. 하천 바닥이 드러날 정도로 봄 가

몸이 심했다.

그러다 칠월 중순, 때 이른 장맛비가 내렸다. 한번 퍼붓기 시작한 비는 엄청난 양으로 쏟아졌다. 무릉천은 이 근방 계곡물의 합수부다. 골골이 쏟아져 내린 비가 무릉천으로 모여 금강으로 향한다. 장맛비는 한꺼번에 쏟아지다 얼마간 소강상태를 보이며 멈추기를 반복했다.

인해는 남편의 불평이 불편하여 수집품 정리가 끝난 후로는 무릉리에 오래 머물지 않았다. 무릉리의 비 소식을 들은 건 텔레비전 뉴스에서였다. 하천 곳곳이 범람할 정도의 기습 폭우가 쏟아진 곳이 많았다. 인근 계곡의 합수부인 무릉천이 범람하는 건 시간문제였다. 흙탕물이 꿀렁이는 모습은 하천이 아니라 강물이었다. 인해는 급히 차를 몰아 무릉리로 향했지만, 산사태로 도로가 통제되어 들어갈 수 없었다.

무릉천의 물이 차오르자 갤러리 지하부터 물에 잠겼다. 비가 더욱 거세지자 합수머리인 무릉천은 범람하고 말았다. 물길이 휘도는 지점에 있는 갤러리를 순식간에 거센 물살이 치고 나갔다. 물살 앞에서 수집품은 종잇장보다 더 가벼웠다.

물이 빠진 뒤 갤러리에는 진흙과 썩은 나뭇가지와 스티로폼 부스러기와 페트병과 폐비닐이 그득했다. 손수건 한 장 남아 있지 않았다. 지하로 내려서자 바닥에는 깨진 해주도자기와 접시 조각이 눈처럼 소복했다. 인해는 눈밭을 밟듯 조심스레 내디뎠다. 와자

작, 알사탕 깨지는 소리가 났다.

가슴이 갈피갈피 찢어지는 것처럼 아팠지만 한편으로는 후련하면서도 개운했다. 근심거리가 사라진 홀가분함 같은 것들이다. 가슴속의 구멍은 처음보다 훨씬 커졌지만, 그곳으로 드나드는 것들이 거침없어 조금은 가벼워진 것도 같았다.

처음 겪는 물난리였다.

2. 손

정언이가 책을 펴고 책등 안쪽을 누를 때 벌어지는 손가락 새가 너무 아름다웠다. 마치 무대 위를 날렵하게 달려 나가는 발레리나의 매끄러운 다리를 보는 것 같다. 정언이의 손을 볼 때마다 나는 따뜻한 물속에 들어앉아 있는 것 같은 쾌감이 일었다.

내 핸드폰에는 남녀불문 여러 명의 손 사진이 있다. 대부분 허락을 받지 않고 몰래 찍은 것들이다. 그래야만 내 맘에 꽂히는 손가락 모양이 렌즈 안으로 들어온다. 그중 정언이의 손 사진이 가장 많다. 물론 정언이는 이 사실을 모른다. 만약 알게 된다면 변태 새끼라며 나에게 욕을 대차게 할 것이다. 그래서 나는 누구에게도 사진을 보여준 적이 없다.

정언이 손은 땅속에서 뽑아 올린 하얀 뿌리채소처럼 정연하다.

잔털이나 툭 불거진 옹이 같은 것이 없는, 똑 고르게 뻗은 뿌리 같다. 연필 때문에 생긴 굳은살도 없으며, 불거진 마디 하나 없다. 결정적으로 피부색이 뽀얗다 못해 새하얗게 맑다. 한 번만 잡아 봐도 되냐고 허락을 받고 잡아 보고 싶지만, 아직 그런 제안을 입 밖으로 꺼낸 적이 없다. 분명 보드랍고 말랑말랑하고 따뜻하고 상냥할 것이다. 정언이의 성질머리와는 분명 다를 것이다.

한 번은 내가 좋아하는 국어 샘의 뒷짐 진 손을 찍는다는 게 그만 볼록한 엉덩이를 찍은 적도 있다. 나는 의도하지 않은 것은 가차 없이 삭제해 버린다. 손 외에 다른 건 그다지 흥미가 없다.

할머니는 아빠처럼 내가 치과의사가 되는 게 꿈이라고 했다. 그것도 최고 학점을 받아야 들어갈 수 있는 최고 대학의 치의예과를 가야 한다며 어렸을 때부터 나를 품에 안고 주문처럼 되뇌곤 했다. 아빠도 말의 수위만 다를 뿐 할머니와 비슷했다. 부자지간에 동문이 되면 장학금을 비롯해 유리한 게 많다는 등의 말로 은근 압박했다. 그럴 때마다 엄마는 할머니 품에서 나를 빼내어 멀찍이 떨어트려 놓았다. 할머니와 엄마의 소리 없는 전쟁이 시작되는 것 같았지만, 엄마는 미련하지 않았다. 할머니의 시선을 단박에 돌릴 수 있는 방법을 알고 있기 때문이다. 새로 들인 베개 마구리, 소반, 해주도자기 등을 하나씩 꺼내 놓으면 됐다. 오래되고 희귀한 모양일수록 할머니의 감탄사는 길어졌고, 입은 점점 더 벌어졌다. 그리고 곧 나로 인해 벌인 신경전 같은 건 까맣게 잊었다.

엄마와 아빠를 맺어준 베개 마구리, 아빠와 할머니의 집착에 지칠 때 엄마는 창밖을 보며 낮게 읊조렸다.

"빌어먹을 베개 마구리."

할머니는 골동품만 보면 사족을 못 쓴다. 결국 그 골동품 때문에 엄마와 아빠가 만나게 되었으니 할머니는 엄마가 못마땅할 때가 많은데도 대놓고 표 내지 않았다. 할머니는 끝까지 자기의 선택이 틀리지 않았다는 것을 보여주고 싶어 했다.

아직 내 성적은 안정권이다. 끝까지 유지할 수 있을지는 자신할 수 없다. 이 지루한 경주에서 자리를 고수해야 한다는 것은 한 치의 흔들림도 허용되지 않는 것과 같다. 생각만 해도 숨이 막힌다. 그럴 때마다 나는 찍어 놓은 손 사진을 보며 숨을 돌린다. 사진은 내게 산소통이자 숨통이다.

정언이와는 유치원 때부터 줄곧 같은 학교에 다녔다. 고1인 지금은 정언이와 같은 반이다. 정언이는 나한테 거의 동성 친구 같다. 유일하게 내가 정언이한테 느끼는 끌림은 그 애의 손뿐이다. 뭐, 정언이도 거의 나를 남자로 보지 않을 것이다. 색깔로 치면 무채색 계열 정도로 생각하지 않을까 싶다. 나는 그런 정언이가 편하다.

언제부터 이렇게 손에 집착하게 되었는지 생각해 보았다. 서너

살 정도 됐을 때가 생각난다. 어린이집에 다녀오면 나를 안아 주는 사람은 도우미 누나였다. 도우미 누나 손은 늘 까끌까끌했다. 볼이나 목덜미를 쓰다듬을 때마다 따가워서 인상을 찡그릴 정도였다. 뻣뻣하게 마른 누나 손을 잡고 집 안으로 들어가면 엄마는 수집 방에서 자수 손수건을 쓰다듬으며 정리한다든가 도자기를 어루만지고 있었다. 엄마는 호들갑스럽게 나를 반기지도, 들어 안아 올려 주지도 않았다. 만면에 미소를 짓고 아주 상냥한 목소리로 '왔어?' 하는 게 다였다. 엄마는 스킨십을 그다지 좋아하지 않았다. 엄마가 격하게 누군가를 안아 준다거나 터치하는 걸 본 적이 없다. 아빠와도 스킨십하는 걸 본 적이 없다. 엄마는 스킨십의 욕구를 수집품에 푸는 게 아닌가 싶을 정도로 그 방에 들어가면 곱고 기다란 손가락을 뻗어 수집품을 부드럽게 쓰다듬거나 토닥이듯 어루만졌다.

내가 적당한 자리에서 안전하게 노는지를 눈으로 파악하며 집안일을 하는 게 엄마가 내게 갖는 관심의 전부였다. 대체로 자유롭게 두는 편이었다. 그렇기에 나는 늘 엄마의 손길이 그리웠다. 엄마의 수집품이 되어 엄마의 보드라운 손길을 받고 싶었다. 그때부터였을까.

나는 사람을 만나면 그 사람의 손 먼저 보는 버릇이 생겼다. 저 사람의 손길은 어떤 느낌일까, 부드러울까, 축축할까, 건조할까, 딱딱할까, 차가울까, 따뜻할까. 게다가 손은 그 사람의 얼굴보다 더 빨리 심정을 나타낼 때가 많았다. 나는 그 사람의 뒷짐 진 손만 봐도 어떤 상태인지를 알 수 있게 됐다.

이번에 찍은 정언이의 손 사진은 정말 멋지게 나왔다. 배경은 흐릿하게 아웃포커스 되고, 발레리나의 발끝 같은 검지와 중지가 사선으로 책등 안쪽을 누르는 모습이다. 지적이면서도 섹시했다. 정언이의 컨디션이 괜찮은 모양이다. 정언이의 부드러운 손길에서 읽을 수 있었다.

사고는 오늘 수업 시간 도중에 일어났다. 옆 자리에 앉은 건도가 갑자기 내 서랍 속에 있던 휴대폰을 꺼내어 뭔가를 찍은 것이다. 순식간에 일어난 일이다. 언젠가부터 뭘 찍는 거냐고 내 폰에 관심을 갖더니 완전 도발을 한 셈이다.

건도는 나와 정언이가 오랫동안 알고 지낸 것도, 심지어 한동네에 살고 있는 것도 질투했다. 건도가 은근 정언이에게 관심을 표했는데, 정언이는 그러거나 말거나 신경 쓰지 않았다. 게다가 건도가 내게 정언이랑 사귀냐고 물어봐서 내가 폭소를 터트린 적도 있다. 그만큼 정언이랑 격 없이 지내는 나를 몹시 부러워했다. 아까 정언이를 향해 셔터를 누를 때 예민하게 반응하던 건도가 떠올랐다.

건도는 일부러 무음 카메라 앱을 사용하지 않았다. 교실에서 무음 카메라 앱을 쓰지 않고 사진을 찍는 건 단순 실수거나 아니면 고의성이 다분한 불순한 의도이다. 나는 순식간에 건도에게 당한 뒤 얼어붙은 꼴로 가만히 있을 수밖에 없었다.

찰칵 소리가 필기에 몰두한 조용한 교실에 울려 퍼졌다. 아이들은 하나같이 경직된 표정으로 소리 난 쪽을 향해 고개를 돌렸다. 지난여름, 2학년 선배가 창고에 갇혀 탈진 상태로 발견된 후 학교에서는 휴대전화를 회수하지 않는다. 대신 수업 시간에 전화기를 들고 있다가 걸리면 벌점 테러에 부모님 소환 후 사용 정지까지 당하는 새로운 규칙이 생겼다. 아이들은 걸리지만 않으면 된다는 식으로 제각각 전화기를 손에서 놓지 않는 법을 터득했다. 그런데 찰칵 소리라니. 대놓고 나를 잡아가세요, 하고 공표한 거나 마찬가지이다.

판서를 하다가 날카롭게 벼린 칼날처럼 뒤돌아선 담임은 소리의 진원지를 정확히 알고 있다. 담임의 걸음걸이는 빨랐다. 교탁에서 맨 뒤에 앉은 건도 앞까지 단 몇 초밖에 걸리지 않았다. 주머니에 뭔가를 넣는 건도의 손을 본 것이다. 나는 심장이 터질 것 같았다. 내 전화기가 담임 손으로 넘어간다면, 그리고 그간 찍어 놓은 사진을 본다면……. 상상도 하기 싫을 만큼 끔찍했다. 몰카라니. 그것도 손만 찍은. 전교생이 나를 변태로 보는 건 시간문제였다. 말한 사람은 아무도 없다는데 소문은 아주 빠르게 자라나는 곳이 학교다.

때마침 수업 끝 종이 울렸다.

"이건도, 두 손 앞으로. 그대로 일어나. 아무것도 만지지 말고."

담임은 비교적 아이들과 소통을 잘한다는 평이 나 있다. 학기 첫날 '너희들이 한 만큼만 나도 한다'고 선언했다. 외모에서 흐르는 부드러움과 달리 엄격함도 갖고 있는 분이다.

"저요?"

시침을 뚝 뗀 얼굴로 건도가 되물었다. 대놓고 연기까지 한다. 도무지 건도의 속이 읽히지 않았다. 건도의 손을 보았다. 건도의 손끝이 미세하게 떨리고 있다.

"일어서."

담임은 단호하게 말했다. 절대 감정에 휘둘리지 않겠다는 절제가 담긴 목소리다.

건도는 엉거주춤한 자세로 섰다.

"내놔."

"뭘요."

"폰."

"왜요?"

"지금 뭐 찍었잖아."

"안 찍었는데요."

"다 들었거든. 너희도 들었지?"

담임은 절대 흥분하지 않았다. 흥분하는 순간 진다는 것을 너무나 잘 알고 있다. 수업 시간 휴대폰 사용은 엄격하게 제재하기 때문에 아이들을 조일 수 있는 확실한 근거를 손에 들고 있는 거나 마찬가지였다.

담임이 말없이 아이들을 둘러볼 때 정언이가 팽팽하게 긴장된 분위기를 깼다.

"선생님, 화장실 가도 되죠?"

정언이가 무슨 일이냐는 눈으로 하얗게 질린 나와 건도를 번갈아 보았다. 이럴 때 정언이는 가족 같은 느낌이 든다. 정언이와는 형제애 같은 게 흐르는 것 같다.

"그래, 다른 아이들은 움직여도 돼."

내 폰은 건도의 오른쪽 주머니에 있다. 나는 건도의 왼쪽에 앉아 있다. 어떻게든 건도의 주머니에서 내 폰을 빼내야 한다.

"앞장서. 안 되겠다. 확인만 하고 돌려주려고 한 건데. 거짓말이 심하네. 생각보다 뻔뻔하구나, 이건도."

교무실, 아니 취조실로 데려갈 모양이다. 담임이 아이들을 둘러보며 청소 깨끗이 하라고 지시하는 사이 나는 잽싸게 건도의 왼쪽 주머니에 들어 있는 폰을 빼냈다. 건도가 고개를 슬쩍 돌리며 웃는 것 같았다.

'미친 새끼 처웃기는. 내가 멍청하게 당할 것 같냐?'

마음 같아서는 건도의 뒤통수를 후려치고 싶었다. 도대체 왜 나한테 이러는 건데? 하고 소리치고 싶었다.

"제가 아무것도 안 찍었으면요?"

건도가 되바라지게 물었다.

"나, 너랑 씨름하기 싫다. 내가 마음대로 뒤지면 학생 인권, 뭐
그러면서 문제가 되니까 어쩔 수 없지. 담임이라 좀 봐주고 넘어가
려 했는데 학생부에 얘기하는 수밖에."

담임의 말이 끝나자 내가 아무렇지 않게 건도의 주머니를 뒤지
는 척했다. 봐주고 넘어가 달란 무언의 신호였다. 두 사람은 놀란
눈으로 나를 바라보았다. 휴대폰을 담임에게 내밀었다. 내가 건넨
건 건도의 폰이다.

"확인만 하신다고 했잖아요."

내가 담임에게 말했다. 담임도 반 아이를 제 손으로 학생부에 넘
기는 건 못 할 짓이라고 생각할 것이다. 누군가 말려 주길 바랄지
도 모른다는 생각이 들었다. 나는 반장이니 이럴 때 나서도 그다지
부자연스럽지는 않을 것이다.

"참 내, 반장 노릇 잘 한다."

담임은 속내를 알 수 없는 말을 했다.

건도가 하얗게 질린 얼굴로 담임의 손에 있는 폰과 나를 번갈
아 보았다.

"잠금 풀어."

담임은 건도에게 다시 폰을 내밀었다.

"오늘 거만 확인하세요."

건도는 순순히 휴대폰 잠금을 푼 뒤 건넸다.

담임은 건도 휴대폰의 앨범을 열고 한참 동안 말이 없다. 아마 오늘 날짜의 사진이 없는 것이 문제가 아니라 이제껏 저장한 사진이 더 큰 문제가 될 것이다. 건도는 나에게 앨범 속 야한 사진을 자랑삼아 보여준 적이 있다.

담임은 건도의 폰을 손에 움켜쥔 뒤 내게 손을 내밀었다.

"네 것도 내놔."

"네?"

"넌 왜 껴드는데?"

"반장이잖아요."

"잔말 말고 내놔."

건도는 내 목을 조이듯 제 주머니로 손을 가져갔다. 건도의 주머니에는 내 폰이 들어 있다.

"수업 시간인데 사물함에 있겠죠. 아마 그럴 거예요."

내가 건도의 손을 보며 말했다.

"그럼 사물함으로 가. 이건도 너도 따라와."

"왜 그러세요, 괜히 저까지. 안 가져왔을 수도 있어요."

내가 만류하듯 너스레를 떨어도 담임은 호락호락하지 않았다.

"빨리 열어."

사물함에는 아무것도 없다.

"안 가져왔을지도 모른다고 했잖아요."

"내가 그 말을 믿으라고? 너희들 내가 우습구나."

148

담임은 굳은 얼굴로 돌아서 다시 교실로 들어갔다. 내 자리로 향할 것이다. 담임의 뒤를 따르다 나는 재빠르게 건도의 주머니에서 전화기를 꺼냈다. 그런 뒤 창밖으로 던졌다. 건도가 놀라 멈칫했지만, 담임은 눈치채지 못했다.

"둘 다 서랍에 있는 물건 다 꺼내고 가방 털어."

나는 이제 거리낄 게 없다. 얼른 여기에서 벗어나 휴대폰을 가지러 가야 했다.

담임이 이렇게까지 하는 건 다른 아이들을 의식한 것이기도 했다. '봐라, 난 철저하게 조사한다'는 무언의 본보기이자 경고인 셈이다.

건도와 내 서랍에서 휴대폰이 나오지 않자, 담임은 은근 마음을 놓는 눈치였다. 건도와 나는 학교 측에서 학생부를 관리해 줘야 하는 아이들이다. 잘 관리하여 최고 대학에 보내 학교의 명예를 빛나게 해 줄 아이들이다.

담임은 교실을 나서기 전 건도에게 휴대폰을 건네며 말했다.

"앨범 정리 좀 해라. 어?"

건도는 허리를 90도로 꺾으며 폰을 건네받았다.

나는 담임이 나간 반대 방향으로 뛰기 시작했다. 복도로 쏟아져 나오는 아이들 틈을 비집고 뛰었다. 휴대폰은 꺼져 있었다. 화면을 볼 수 없을 정도로 잔금이 나 있다. 전원을 아무리 켜도 화면에 불이 들어오지 않았다.

"뭐냐?"

등 뒤에서 들리는 목소리에 귀신을 본 듯 뒤돌아섰다. 나를 뒤쫓아온 건도가 숨을 몰아쉬며 물었다. 주먹에 힘이 들어갔다. 뒤이어 정언이도 뛰어와 따지듯 물었다.

"너희들 뭐냐?"

나는 전화기를 주머니에 넣었다. 건도를 한 대 치려고 했다. 정언이만 없었으면 그렇게 했을 것이다.

"무슨 사진 찍는 거냐고? 새꺄."

건도가 뒤돌아서 걸어가는 내 등 뒤에 대고 다시 물었다.

"뭔지도 모르고 그따위 짓을 하냐? 비열한 저질 새끼야?"

가던 길을 되돌아와 하얗게 아작이 난 휴대폰을 건도의 눈앞에 들이밀었다.

"너희 둘 무슨 일인데 그래?"

정언이가 나서서 다시 물었다.

건도와 눈이 마주쳤다. 건도는 내가 정언이의 신체 어느 부분을 찍었다고 확신하는 것 같았다.

새 폰을 산 후 엄마와 함께 무릉리로 향했다. 무릉리 집은 처참했다. 엄마의 수집품은 한 점도 남아 있지 않았다. 수해를 입은 지꽤 지났는데도 수리를 미루고 있다고 했다.

돌아오는 차 안에서 엄마에게 물었다.

"엄마, 앞으로 뭘 모을 거야?"

나는 지금 갈등하고 있다. 새 휴대폰으로 사진을 옮길지 말지.

"글쎄, 모르겠네."

엄마는 아무렇지도 않은 목소리로 말했다. 그동안 모았던 수집품이 하루아침에 사라졌는데도, 미련이나 아쉬움이 없는 듯한 목소리다. 궁금했다. 그렇게 쓰다듬고 보듬던 수집품은 엄마에게 뭐였는지.

"엄마한테 수집품은 뭐였어?"

엄마가 뜻밖의 질문이라는 듯 나를 빤히 보았다.

"음…… 유일한 사치? 사실 나도 잘 모르겠다."

엄마는 명품백도 옷도 구두도 좋아하지 않는다. 명품으로 휘감은 할머니와는 정반대다. 할머니에게 그런 엄마가 마음에 들 리없다. 당신 친구들에게 며느리를 소개할 때 '애가 어찌나 알뜰하고 소박한지 몰라요'라는 말로 민망함을 감추는 것 같았다. 자라온 환경은 숨길 수 없다는 말을 뒤돌아서 중얼거릴지언정.

내가 엄마에게 되물었다.

"사치?"

"먹고사는 문제가 아닌 낭만 같은 거. 사는 데 꼭 필요한 건 아니지만 그게 없으면 건조해서 견딜 수 없는데, 견딜 수 있게 해 주는 것."

낭만이라. 나에게 손 사진은 뭐였는지 스스로에게 물었다. 나도 그걸 낭만이라고 부를 수 있을까?

집에 오자마자 서랍을 열고 하얗게 잔금이 가 있는 폰을 바라보았다. 사진은 아직 새 휴대폰에 옮기지 않았다. 자려고 누웠을 때, 정언이에게 톡이 왔다.

―너야말로 앨범 정리해라.
―그러다 큰일 난다.

뭔 말이야? ―

―건도한테 들었어.

건도 그 새끼가 뭐래? ―

건도 얘기만 나와도 피가 거꾸로 솟는 것 같았다.

―됐고, 지우랄 때 지워라. 손이 됐든, 발이 됐든. 나한테 걸리면 죽는다.

얼굴이 후끈 달아올랐다. 심장이 쿵쾅거리며 숨이 거칠게 올라왔다. 까만 구멍 속으로 떨어지는 것처럼 눈앞이 아득했다. 들키면 문제가 될 걸 번히 알면서도 여기까지 오게 만든 내가 너무 한심스러웠다.

머리끝까지 이불을 뒤집어쓰고 눈을 감았다. 눈앞에 날벌레 같은 것들이 반짝이며 날아다녔다.

나만의 비밀이 드러나는 순간, 그건 더 이상 비밀이 아니게 된다. 매력이 현저히 떨어진다. 다른 사람에게는 없는 나의 유일함도, 애써 지키려는 긴장감도 사라지게 되는 것이다.

이불을 박차고 일어났다. 깨진 폰이 들어 있는 서랍을 잠갔다. 책장 뒤로 열쇠를 던졌다. 가슴에 구멍이 나 바람이 휘휘 드나드는 것 같았다. 이불을 뭉쳐 가슴팍을 막듯 한껏 구겨 안았다. 몸은 한없이 웅크러 들었다.

작가의 말

2010년, 첫 소설집을 냈다. 당시 책을 받아 들었을 때 제일 먼저 든 생각은 '이제 장편을 써도 되겠구나'였다. 오랜 습작 끝에 등단을 하고 그 후 그 시간만큼 단편을 썼기 때문에 정리가 필요하다는 생각이 들었다. 갈무리해야 다음 발짝을 떼는 성격 탓이 크다.

그 후 여러 권의 장편을 내며 간간이 단편을 발표하게 되었다. 그게 벌써 첫 소설집 이후 12년의 시간이 지났다. 다시 정리할 때가 온 것이다. 이 과정이 나에게 어떤 것을 안겨 줄지는 책을 받아 든 순간 알게 될 것이다.

소설 쓰기는 내가 하는 것 중에서 가장 잘하고 싶은 것인데, 늘 어렵고 힘들고 미숙하다. 오랜 시간이 지나도 숙련되지 않아서 장인 소리를 듣지 못하는 세계가 글쓰기라는 것을 쓰면 쓸수록 되새기게 된다. 그 무한의 과정에서 이번 소설집 또한 한 개의 점에 불과할지도 모른다. 그럼에도 불구하고 쓰고 또 쓰는 것 외에는 방법이 없다.

다섯 편의 단편 속에 청소년과 청년들이 겪는 좌충우돌 분투의 과정을 녹여 보고자 했다. 삶은 어느 한 시기도 완성 또는 미완성이라고 말할 수 없다. 삶의 모든 순간순간이 하나의 과정이기 때문이다. 스스로가 청소년기를 미완의 시선으로 보거나 어른이 되기 위한 준비 기간으로 생각하지 않았으면 좋겠다. 청소년기 그 자체를 소중한 내 삶의 한 과정이라고 생각한다면 좀 더 충실한 시간을 보낼 수 있으리라고 본다.

이 책이 청소년들에게 서로의 과정을 애틋하게 보아주는 작은 창문이 되어 준다면 바랄 것이 없겠다.

나 또한 이 책을 엮으며 하나의 과정을 밟는 중이다. 분명 다음 발짝을 떼기 위한 힘이 되어 줄 것이다.

그간 발표의 기회를 준 지면에 감사하고 오랜 친구처럼 내 글쓰기의 과정을 토닥이며 지켜봐 준 자음과모음 식구들께 감사하다.

2022년 11월
김선영

수록 작품 발표 지면

바깥은 준비됐어 …… 『바깥은 준비됐어』 (사계절, 2022)

바람의 독서법 …… 『십대의 온도』 (자음과모음, 2018)

흔들리는 난타 …… 『자음과모음 R』 2012 여름호

나는 잘 지내 …… 「언니가 죽었다」(『빡빡머리 앤』, 특별한서재, 2020)에서 제목 변경

중독 …… 「물난리」(『우리는 날마다』, 걷는 사람, 2018)를 개작

바람의 독서법

© 김선영, 2022

초판 1쇄 발행일 | 2022년 12월 1일
초판 2쇄 발행일 | 2023년 5월 29일

지은이 | 김선영
펴낸이 | 정은영

펴낸곳 | (주)자음과모음
출판등록 | 2001년 11월 28일 제2001-000259호
주   소 | 10881 경기도 파주시 회동길 325-20
전   화 | 편집부 (02)324-2347, 경영지원부 (02)325-6047
팩   스 | 편집부 (02)324-2348, 경영지원부 (02)2648-1311
이메일 | jamoteen@jamobook.com
블로그 | blog.naver.com/jamogenius

ISBN 978-89-544-4858-1 (43810)

잘못된 책은 교환해 드립니다.
저자와의 협의하에 인지는 붙이지 않습니다.